メソポタミアの蛇ノ目

前河 涼介

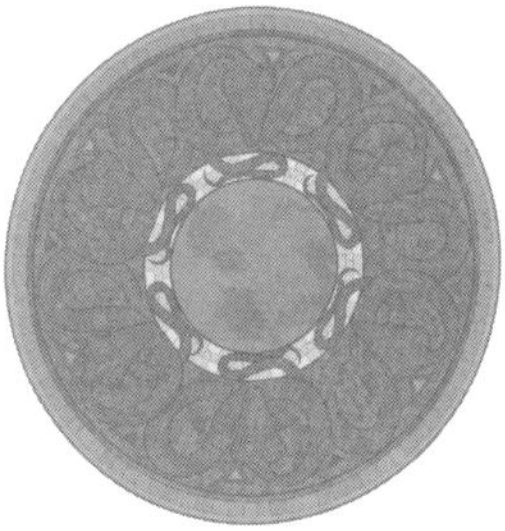

文芸社

目次

思ってもごらんなさい、左官と大工と指物師《さしもの》と漆喰屋《しっくい》さんの一隊が、てんでに冒瀆《ぼうとく》の道具を携えて、このような過去の中へ乗りこみ、一週間もたたないうちにきみが見も知らない家、きみがよその家へ訪問に来ているとしか思えないような家に改造してしまったとしたら、いったいどうだろう？

「オアシス」より

サン＝テグジュペリ著・堀口大學訳『人間の土地』（新潮文庫）

第一章　狭霧

雨の柴谷邸

人間、日が落ちて暗くなれば眠り、夜が明けて明るくなれば目を覚ますもので、そうした地球のリズムとの同期を図るために僕が眠る前にすることが三つある。一つ、枕と掛け布団の位置をきちんと整える。二つ、遮光カーテンを窓の両脇へ押しやる。三つ、消灯。そして布団に潜り込む。

再び朝日が差し込むその時まで完全な覚醒はない。重要なのは光だ。朝日さえあれば僕の体は自然と起き上がる準備を始めて、窓や天井に集まった光が暗闇の広さを上回るその瞬間に僕もまた意識を取り戻す。それから少なくとも数時間は布団の上に戻らない。無理に横になったままでいると背中がむずむずする。もちろん寝苦しくて夜中に起きることもあるけど、せいぜいトイレに行って水を飲んでくるくらい。一度毛布の下に空気を送り込んで姿勢を変えれば、意識の覚醒はあまり長続きしない。どういうわけか僕は気づいた時から五年以上もそんな野鳥のような生活を続けている。

だから逆に暗い環境で目を覚ますのは難しい。うっかりカーテンを開け忘れた朝、太陽が低くて寒い朝、そして雨。

夜明け前から雨の降る朝は寝坊が多かった。新学期が始まってしばらく、これが二、三日も続くと、ああ、なんてこった、今年も梅雨が進駐してきやがったと思う。まるで沈没船みたいに重たい気持ちになる。こういう時は多少明るくても布団から出る気になれないし、起き上がっても頭が重くてすぐ倒れ込みたくなる。

そして僕は狭霧《サギリ》のことを思い出す。彼女はまだ三年半前の梅雨の記憶の中にいる。僕がその箱庭のような空間の蓋を外して「大丈夫、君はまだそこに居ていいんだ」と呼びかけると、彼女は安心して座り直す。僕はそっと蓋を閉じる。

それから僕はまだ目もきちんと開かないままベランダに出て、外の世界が雨の音にしっかりと閉ざされているのを確かめ、「大地讃頌」のメロディを口笛で吹く。「母なる大地のふところに　我ら人の子の喜びはある　大地を愛せよ　大地に生きる人の子ら　その立つ土に感謝せよ」という始めのところだ。雨の壁にぶつかってとても広がりのない音になる。

梅雨という季節は春と夏に挟まれて毎年肩身の狭い思いをしているに違いないのだけれど、僕の記憶の中で最も長い梅雨、二〇〇八年の梅雨は筋肉モリモリの腕で春と夏の双壁を押しやって、五月から七月の終わりに至るまで我が物顔で地面に向かって湿り気を投下していた。雨は天上から無尽蔵に降ってきて真っ黒なアスファルトの上に鬱蒼とした霧を立たせた。用水の水は土色に濁って橋の下の堰でちょうど浅い滝のようになってごうごう唸っていた。

家を出て長い傘を少し前方に傾けて支え、骨の先端から滴る水が爪先に当たらないように駅まで歩く。向かいの客の傘の下にできた水たまりが加速度で前へ伸びたり後ろへ伸びたりするのを眺めながら電車に揺られ、バスでは窓ガラスを這う水滴を眺め、昇降口で上履きに履き替える時に靴下が濡れているかどうかでその日の運勢を占う。必ずタオルを持っておいて、鞄を拭き、浸みた制服の裾を押さえる。放っておくと授業の間どんどん脚が冷えてきて堪らない。帰りは家に着けばいくらでも着替えられるから少しおおらかになって濡れて歩く。傘を土間に広げ、靴に丸めた新聞紙を突っ込んでおく。それが当時中学三年の僕の毎日だった。

六月も終わりに近づく金曜日、帰りの会で先生が狭霧を話題に上げた。

帰りの会は班会議と合唱と委員会連絡と先生の話で成り立っていた。あとは日直の号令が少々。気をつけ、礼、お願いします。起立、礼、さようなら。

僕は議長係だった。二、三度前の音楽の授業で合唱のテストがあって、その名残のまま「大地讃頌」をロッカーの前に並んで歌ったあと、僕は教卓と黒板の間に出てクラスメートを座らせた。一クラス約三十人。男子も女子も、特に後方の連中が話に興じていてなかなか静かにしないのはいつものことだった。放っておいたらどんどん声がでかくなる。歌の時より声が出てんじゃないか。僕は教卓をグーの底で叩いた。口で言っても聞かないから、いつも何か叩く。いくつか視線が僕に刺さり、でもそのちくちくとした不快感は静寂とともに消え去る。ほんの一瞬、惜しむように静けさを堪能したあと、僕は生徒からの連絡事項がないか確認を取った。

副級長が手を挙げた。五分ほど学年委員の会議の報告。僕は彼がプリントを配るのを手伝ってから、ドアの横で配膳台に後ろ手を突いて話を聞いていた。先生は事務椅子の下で足首を組み、時々プリントに目を落としながら、生徒がこそこそしていないか窓際のデスクから見張っていた。外にはベランダがあって、アルミの手摺から雨の雫が次々に落ちて塀のモルタルに跳ねていた。リズムはない。ないけれど、雨粒同士お互いに合わせようとして逆に微妙にずれてしまっているようにも見えた。

週末だった。支度の早い生徒はロッカーから出した鞄やジャージの袋、白衣の袋を机の上に並べて帰りの会が終わるのを心待ちにしていた。

僕の背後の壁には時間割表やビラを貼るためのコルクボードがあって、その下端に白衣を引っ掛けておくためのフックがついていた。給食当番は週末に白衣を洗濯してアイロンをかけてくる決まりだから、大抵の当番は金曜の給食の片づけが終わると白衣の袋をロッカーか鞄に押し込んでしまうのだけど、予備を別にしても毎週必ず一、二着は帰りの会まで掛けられたままになっていた。

並んだフックには中身が綺麗に畳まれて薄っぺらい予備用の袋が二つ。それに雑然と詰め込まれて膨らんだのがもう一着分、まだ配膳台と壁に挟まれていた。教室の後ろの方で僕にこっそり合図をするやつがいて、僕は指の本数で「6」を示して返事をした。膨れた袋の表にかなり薄れたマジックの文字で「3‐A⑥」と書いてあったからだ。そいつが肯いたので一番前の生徒に黙って渡した。彼女は振り返って事情を確かめてから後ろに流した。先生はプリントを広げた姿勢のままで、見えていないか無視しているかのどちらかだった。

副級長の話が終わった。他に手を挙げる生徒もなかったので僕は先生に引き継いで席に戻った。さっき僕に白衣を頼まれた子の隣の席、一番前で右から二列目が僕の席だった。

先生は最初に狭霧の話をした。

「柴谷《シバタニ》がかれこれ一週間休んでて、心配に思う人がいるかもしれない。先生も心配だ。本人はちょっと悪い風邪が長引いているだけで来週の月曜にはちゃんと来るって言ってるんだけどな。そういうわけで見舞いついでに今週分のプリントが溜まっているから誰かに持っていってほしいんだが、家を知ってるのは……」

先生がそう言うと窓際の女子たちがざわざわした。誰が同じ路線だとか、それでも家の場所までは知らないとか、そういった言い合いだった。

柴谷狭霧の席は僕の斜め後方だった。僕はそっちをちょっと振り向いて、先生と目を合わせてから小さく手を挙げた。僕は狭霧の家の住所を知っていたし、他の生徒に比べれば家も近かった。降りる駅も一つ違うだけだ。先生も僕が適任だということはわかっていて、他に有志が現れるのをあえて期待してみたようだった。

僕は周りの反応を見たり聞いたりしないように意識して黒板の日付に目を留めていた。出来レースだったと悟られるのが嫌だったからだ。先生はいくつか生活面のコメントをして話を終わりにした。日直が起立と礼の号令をかけて解散。一部は部活に駆け出し、一部はまだ帰りの会が終わっていない隣のクラスにちょっかいを出しに行った。

当時僕は金工室に寄って機械の勉強をしてから帰るのを日課にしていたのだけど、その日は技術科棟に寄らなかった。帰りがけに狭霧の家に届けものをしに行くのだと思うと、うまく集中できない気がしたからだ。教室を出てまっすぐ昇降口に向かった。

下駄箱の前で上履きを脱ぎながら前庭を眺めた。地表を覆う水煙が妙に白っぽく見えた。屋内よりまだ外の方が明るいせいだ。昇降口は白黒映画のように薄暗いコントラストで満たされていた。ガラス扉を押して外に出ると、さーっという雨の音が大きくなった。僕の周りに見えない球体があって、その壁面全体から音が発しているみたいだった。目の細かい重たい雨が傘を打った。

いつもより一駅手前の柿生《かきお》で電車を降りてしばらく線路沿いに北へ歩き、右手に折れて古い住宅街を一人歩いた。道が直交している交差点はほとんどなかった。Y字路や五叉路から伸びた小道が複雑に絡んだ網目を形成していて、上り坂があり、下り坂があった。住宅はそれぞれ色や透かしの異なるブロック塀で敷地を囲って、所々に古い選挙看板や胡散臭い広告を貼り付けたままにしていた。来た道を戻れるように時々振り向いて景色を覚えておこう。そうでもしないといつの間にか全然知らない街に行きついてしまいそうだった。前にも後ろにも人影はない。僕は一人だった。

やがて狭霧の家に辿り着いた。敷地の少し引っ込んだ所に屋根付きの立派な門が建っていた。大きな門扉は太い杉材で組まれていて、格子の間から庭の様子や玄関まで石が敷かれているのが見えた。右手の塀と敷き石の間に水色のホンダ・フィットが置いてあった。

　僕は門の下に入って一度傘をつぼめた。軒が広いので地面は濡れていない。傘を立てると玉砂利の洗い出しに水の染みが広がった。そして呼び鈴。家の中で音が響くのが小さく聞こえた。びくびくしながら返事を待った。誰が出るのかこちらからはわからない。その人がどんな気分でいるのかも窺えない。僕は言うべきことを用意してここまで来たけれど、相手にとっては突然の訪問だ。

「はい」とインターホンから平板な声。

「ミシロです。狭霧さんに今週分のプリントを」僕はなんとか噛まずに声を吹きこんだ。

「ミシロ？」

「あっ、本人か」

「狭霧です」

　喋り方や僕に対する反応、それは確かに狭霧のものだった。ただインターホン越しの声そのものは、狭霧の声のようにも、別の誰かの声のようにも聞こえた。

「プリント持ってきたんだ」僕は言った。

「入って。そこは開いてるから」

　相手の声の後ろにあったさらさらした雑音が消えて通話が切れた。僕は大きく息を吸って、重たい息と一緒に緊張を吐き出した。でも吐き出したそばから新しい緊張が浸み出して喉の奥に痰みたいに溜まっていった。

僕は右手の門扉を引いて中に入り、つるつるした敷き石の上を歩いていった。狭霧は開いた引き戸に寄りかかって髪に手櫛を通しながら待っていた。白いワンピースタイプの部屋着にサンダルをつっかけていた。肌が青白く、瞼が眠たそうに下がっていた。

「こんな恰好でごめんね」狭霧は腕を広げてみせた。

僕は首を振った。学校にいると制服を着ている姿しか見られない。純粋に新鮮だと思った。

「ミシロが来てくれるとは思わなかった」

「誰が来ると思ったの?」

「うーん……」狭霧は片目を細めて視線を斜め上に逸らした。

僕は傘の水気を払った。玄関に入って内側から引き戸を閉め、傘と鞄を土間に置いた。狭霧は床に上がって跪座《きざ》した。その所作が右手の壁に立てかけられた姿見に映った。鏡越しに廊下の先の縁側まで見通せた。

僕は表に学校の銘が刷られた角二の茶封筒を鞄から取り出して狭霧に渡した。それから一緒にファイルに入れておいた授業プリントの束を彼女の膝の横に置いた。

「何か重要な連絡?」狭霧は封筒の中身を出しながら訊いた。

「別に。学年通信と保護者アンケートくらい。だけど量が溜まったから」

「保護者アンケートか」狭霧はむうっと小さく唸った。

「ん？」

「ううん、平気」

「お母さんは？」

「今いないの。まだ帰ってこないと思う」

それは意外だった。車はあるのに。

でも僕は黙って頷いた。それからさっきより一回り小さい封筒を狭霧に渡した。こちらは無地だ。

「これは？」

「月曜日の時間割。平川《ヒラカワ》が書いてくれた。あと、みんなから応援メッセージ」

時間割表の余白にクラスメートがカラーのボールペンで好き勝手に書き込みをしたものだ。それがあって帰りの会のあとみんなが教卓に群がるので、僕は先生や友達と話をして待っていなければいけなかった。国語の単元がちょうど「奥の細道」の最中だったせいでセミやセミの抜け殻がいっぱい描いてあった。「閑《しずか》さや岩にしみ入る蟬の声」という句だ。色々な人が描いたので、可愛らしいのもあったけれど、テントウムシかカナブンにしか見えないのや怪獣みたいのも混じっていた。狭霧はそれを見て笑窪を作った。左右で位置の違う笑窪だった。

「調子は？」僕は訊いた。エナメル鞄の上面をタオルで適当に拭いながら、それに集中している振りをして相手の顔は見なかった。

「うん、大丈夫。月曜には行けると思うよ」狭霧は先生が話したのと同じことを言った。

「お医者さんには行ったの？」

「行ったよ。それでお薬も貰ったし、だいぶ良くなったの。だから来週は大丈夫」

「平気？」

「うん」狭霧は素早く肯いた。

「そう、それはよかった」

僕はそこで鞄を拭きながら次に何を言うか色々考えた。病院が遠くなかったか、とか、どこの具合が悪かったのか、とか。けれどどれも踏み込みすぎな質問のような気がした。僕が黙っている間、狭霧はぼんやりした目で土間のタイルの溝を見つめていた。心が沖ノ鳥島くらい遠くに飛んでいっているような感じだった。

「柴谷」と、声が届くのか不安だったけれど僕は呼んだ。

「ん？」

「そうだ。ノートを見せてやるようにって先生から頼まれたんだ。国語と数学と地理なら今あるから」僕は鞄からノートを三冊を取り出して、科目名が見えるように床に重ねて並べた。

「いいの？」

「全然。家では勉強しないことにしているんだ」

「本当？」

「テスト前以外は、しない。明日残りの分も持ってくるから」

「明日？」

「うん、週末の間にやっておいた方がいいよ。月曜になって取り残された気分になるのは嫌だろうし。お節介かな」

「ううん、全然」

狭霧はそう言って、ノートの上に置いた僕の手と、それから腕を見て何かに気づいた。

「あ、寒くない？　私ったらお客さんに気も遣わないで」

「いいよいいよ。どうせまた濡れていかなきゃいけないから」

僕は鞄を閉めて斜めに背負い、傘を持って立ち上がった。

「今日はありがとね。わざわざこんな雨の中」と狭霧。彼女も僕に合わせて腰を上げた。

「ううん。それじゃあまた明日。お大事に」

門を出るところで振り返ると、狭霧はまだ引き戸を開けたまま立っていて、小さく手を振った。僕も手を振り返した。

僕は柿生駅には戻らずに方角頼みで自宅を目指した。その方法でも帰れるような気持ちになっていた。アスファルトの窪みに水が溜まり、傾斜のあるところには川の浅瀬のような急流ができていた。見知らぬ街角が右左に続き、その度に全く別の景色が目の前に現れた。でもそれはまるで決められたパターンの組み合わせを変えただけのように、どことない既視感を覚えさせた。ＡＢＣ、ＡＤＦ、ＢＣＦ……。進めば進むほど迷宮の奥へ落ちていく。

狭霧は今どうしているだろう。プリントに目を通している？　そうだとして、座っているだろうか、横になっているだろうか。僕のことは思い出していない？　何か言い足りないことがあったんじゃないか。そんな懸念がスライドのようにぐるぐると僕の頭の中を巡っていた。

そのうち小学生時代によく通った道にうまく出くわした。これで一安心、帰れる。そう思いながら僕は地図を想像して自分が歩いてきた道筋をその上に描いた。僕の家と狭霧の家を繋ぐルートが開通したわけだ。まるで両岸から建設を始めて伸ばした橋が最後に真ん中でぴったりくっついたような感触だった。

自転車なら十分くらいの道のりだろうか。ただ急な坂が三ヶ所あって、行きと帰りではかなり勝手が違うだろうなと思った。

「自分らしさとは何か」

自分らしさについて

自分らしさという言葉が私は嫌いです。一時に安易に多用され擦り切れていく言葉は一種の惨めさを感じさせるものです。そういった言葉を嫌うのは反俗精神です。しかし俗と反俗の駆け引きは論《あげつら》う言葉の内容に触れないという点で本質的ではありません。反俗はなぜこの言葉が俗になったかというところに関心がないのです。したがって私の自分らしさ嫌いに反俗的根拠はありません。

問題は「自分らしさ」が個人の軸や芯となる役割を果たそうとしておきながら、それ自体が浮動するものであるという点です。それ自体にも軸や芯が必要なのです。自分らしさを振りかざすためには、個人がその個人の絶対的な部分についてよく認識している必要があるのです。

自分らしさが個人の生き方にどう作用するのか、生きていく中で自分らしさをどうやって見極めたらいいのか、これらを突き詰めていくと、求めるべきは、私の特異性とは何か、それをどうやって決定するか、となります。少なくとも私にとって、自分らしさを唱えることの効用はまず「他者に屈せず、他者と同化せず」にあり、自分らしさの正体とは、私が私を特定できる証拠のことです。その証拠は私の中だけにあって、私自身にも取り出すことはできません。

けれど、もし自分らしさが強い地盤の上に根付いているものなら、その根の張り方を鮮やかに言い表すことができるのなら、私は自分らしさという言葉の用法については肯定できると思います。人々がよく自分らしさを自信につなげるように、私も私の芯の中にそれを持っていたいのです。

梅雨入りの前、五月の中旬のことだ。先生の出張で国語の授業が一コマ空いてしまって、他の科目との入れ替えも都合がつかなかったので自習になった。その時日直が職員室に取りに行って配った課題プリントが「自分らしさとは何か」という題だった。

Ｂ４の藁半紙にいくつか視座の助けになるコメントが付けてあるだけで、残りはほとんど空白、回答欄だった。先生は回収した答案に目を通して、気に入ったものを五、六個選り抜いたプリントを何回かあとの授業で配布した。先に引用したのはそのプリントに載っていたものの一つだ。

回答の時はプリント提出の有無で出席を取るので名前を書く欄があったけれど、まとめプリントでは名前はすべて伏せてあった。だからそれが狭霧の書いたものだと断言することはもちろんできない。でも僕には確信めいたものがあった。あれは彼女でなければ書けない。リアス海岸みたいに複雑で気難しい文章。何度も読み直さなければ何が言いたいのかよくわからない文章。それは時間に制約があって書き直しができなかったせいなのだろうけど、でもだからこそ書いた人の頭の中に流れていた思考の渦のようなものが表れているのだと思えた。僕はその言葉の上に狭霧の声を感じた。僕の頭の中でその文章を読み上げるのは決まって彼女の声だった。そしてプリントを手にした狭霧の反応が僕の直感を裏づけていた。

定期テスト前の質問時間などで見るかぎり、狭霧はこの先生と仲がよかった。普段の授業でも、例えば宮沢賢治の「オツベルと象」の解説なんか、顔をしっかりと上げて首を心持ちかくかくとやりながら熱心に聴いていた。けれど先生がこのプリントを生徒の手に行き渡らせて先述の部分の講評を始めると、狭霧は自分の机の縁の辺りに目を固定して顔を上げなくなった。角度や見方によっては授業に対する集中が切れてうつらうつらしているようにも見えたかもしれない。けれど少し後方からの横顔は頬の周りが少し緊張していて、唇を口の中に巻き込んで噛んでいるように見えた。先生だけに読んでもらうつもりで書いたものをみんなの前で読み上げられるのが相当恥ずかしかったんじゃないだろうか。僕はそんな気がしてならなかった。

今日の自分と、昨日の自分と、それが同じものだと信じている人間など、どれほどいるのだろう。

あなたは昨日のあなたと同じ存在ですかと訊かれれば、そんなことは当然だと思う。なぜそんなことをわざわざ訊くのかと訝る。

そうだろう。でも、ほとんどの人間は普段そんなことなんか気にかけていないだけで、確信しているわけじゃない。気にかけていないのと確信しているのは違う。全然違う。

一つの夜に一つの人間が結び目なく繋がっている。それだけのことに、ある人間はつまらないと感じる。ある人間はこれほどの喜びはないと感じる。

同じ天井の下で目覚める。避難所《アジール》。布団は知っている匂い。

晴れの狭霧

翌日、まだ梅雨の最中《さなか》とはいえ、ちょうど雨雲の親玉が一息入れた瞬間に当たったらしく完璧な晴天になった。家々のベランダや庭には溜めすぎた洗濯物がどっさり干してあって、家事を済ませて外出する人々には特に駆り立てられる様子もなく、町中に穏やかで祝日的な、ただしべったりと湿度の高い空気が充満していた。日差しも高く、僕の家から狭霧の家まで一駅分も自転車を漕いでいくと全身にじっとり汗をかいてしまった。ずっと立ち漕ぎだったたせいだ。サドルが雨を吸っていて座り漕ぎをするわけにいかなかった。

僕は門の前に自転車を立てて日陰で額の汗を拭い、肌着とシャツの裾を一緒に持って中に風を送り込んだ。呼び鈴を押すのは汗が引いてからにしようと思った。

生垣のクチナシの葉が砂糖でも塗ったみたいにてかてか光っていた。ちょうど花の時期、白くしっとりした八重の花弁があちこちで開いて、花粉状況の偵察にきた黒いアシナガバチが周りをぶんぶん飛び回っていた。花に顔を近づけると照葉樹らしい重たい匂いがした。

「ミシロ」

僕は呼ばれた。

狭霧が塀の格子の向こうから僕を見ていた。彼女は門の方へ一度姿を消して門扉を内側から開いた。ホースのシャワーヘッドを握っていた。庭に水を撒いていたようだ。カンガルーポケットの付いた半袖の青いパーカーに短いベージュのパンツ、裸足にサンダル。サンダルはオレンジのゴム製で、前日玄関で履いていたのとはまた別物だった。そっちは確か緑っぽくて革製だった。露出した腕や脚が真っ白に光っていて、血色もいいし、口調も明るいし、何より元気だ。昨日の狭霧とはまるで別人だと僕は思った。こっちがいつもの狭霧だ。

僕は自転車の籠から荷物を取って門をくぐった。

「元気？」

「うん、元気元気。もうすっかり治しちゃったから」狭霧はシャワーヘッドをダンベルに見立てて肩に引きつけた。

僕らは玄関の庇の下に避難した。雨なんか降っていない。でも日差しが強いから結局何かの下に入っていないと堪らなかった。狭霧はホースを連れてきてシャワーヘッドを足元に置いた。漏れた水がポーチのわずかな傾斜とタイルの目に沿って走っていった。

「今日は暑いや」狭霧は日差しを眺めながらちょっと大げさに微笑した。

「水撒き？　昨日あんなに降ったのに」

狭霧はそのままの表情で言い訳を考えた。「だってほら、梅雨なら梅雨らしく雨が降らないと植物も物足りない感じがするかもしれないし、もしかしたら今日から夏で、つまり梅雨明けかもしれないし」

僕は庭を見渡してみた。柴谷邸の庭は玄関から見て左手、北側にはあまり空間がないのだけど、南側は広く開けていろんな植物が植わっていた。クチナシの他にユキヤナギ、ウメ、ヒイラギ、ツバキ。葉の形でわかるのはそれくらいだ。あとは雨樋の下に小さなアジサイの株に紫の花が一房咲いていていた。

「駄目かな？　だって土が乾いていたしさ。雨に比べたらこんなの湿り気程度だよ」狭霧は言い訳を続けながら玄関の引き戸に手をかけた。でも扉は鍵がかかっていて開かなかった。「中から開けるから少し待ってて」

「庭に回ろうか」僕は訊いた。

「ああ、それでもいいなら」

「うん、全然。ところで今日もお母さんいないの？」

「出かけてる」

僕は鞄を掛け直して庭の正面に回った。柴谷邸の縁側は居間とその奥の和室の横を幹線道路みたいに通っていて、雑巾がけレースを開催できそうなくらい長かった。沓《くつ》脱ぎ石だって部屋の前に一つずつあった。僕はホースの巻き取りを手伝ってから手前の方の石に上がって縁側に腰掛けた。

僕はそこでノートを渡すつもりだった。ところが彼女は片足で縁側に上がってもう一方のサンダルを脱ぎ捨てながら「どうぞ、上がって」と言った。それはすごく自然な言い方だった。空には雲が浮かんでいるでしょ、っていうくらい当然みたいな言い方だった。だから僕はそこに靴を脱いで縁側に上がった。そうしないと不自然な気がした。

外が明るいせいで屋内に入るとそこらじゅう真っ暗に見えた。まるで映画館の中に居るみたいだった。日光に焼かれたせいで腕や首筋がじんじん火照っていた。

「涼しいでしょ」と狭霧。

「涼しい。風が通るね」

「屋根が広いから日向が中に入ってこないの。その代わり冬は寒いし、時々畳を干さないといけないいんだけど」

屋根の庇は縁側の幅を二倍にしたくらい長く、沓脱ぎ石の少し先までしっかりと陰に収めていた。上がってしまえば爪先も日に当たらない。空気が冷えているわけだ。

狭霧は隣の部屋に入って仏壇の前に正座した。その部屋には仏壇の並びに大きな衣装簞笥と化粧簞笥があり、縁側寄りに布団が半分に畳まれていた。狭霧のものらしい。シーツは細かなノイバラの模様で統一されていた。敷布団の間にタオルケットと夏用の掛け布団と枕が簡単なサンドイッチのように挟み込まれていた。

狭霧は燭台に蠟燭を立て、マッチを擦って片方に火をつけ、蠟燭から蠟燭に火を移した。

「おばあさん？」僕は訊いた。その仏壇に祀ってあるのが誰なのかという話だ。

「そう。挨拶して」

狭霧は仏壇の正面を僕に譲った。

僕は線香を取って四つに折り、蠟燭から火を取って香炉に伏せた。複雑な波形を描きながら白い煙が昇っていく。古い匂い。昨日の玄関もこの匂いがした。

仏壇の下の段に背景をカットした合成の遺影が立てられていた。四角い輪郭、七三で後ろに引きつめた白い髪、色つきの眼鏡、着物の襟。

この年の始めに狭霧は忌引きで三日ほど学校を休んだ。その頃の彼女は努めて明るく振舞っていたと思う。優等生らしく謙遜と微笑を重んじ、余計な心配を食らって自分の地位が揺らぐのを拒んでいた。

遺影は二つあって、もう一葉は船の露天甲板に立つ中年男の古い写真だった。夕方にフラッシュでも焚いたのか光が多すぎて肌が白く飛んでいた。

狭霧は先に立ち上がって台所でグラス二つに氷と麦茶を注いできた。底の厚い切子のガラスで、それぞれ切り込んだ部分が紅色と藍色に着色されていた。そのグラスを居間の四角い大きな座卓に置いたあと、彼女は飾り棚の横に積んである座布団を上から二枚取ってグラスの前に敷いた。僕らは座卓を挟んで対面に座った。座布団はいい柔らかさだった。布地は硬く、撫でると唐草文様の刺繍が指に当たった。僕の方から仏壇の蠟燭の火が見えた。

「ミシロも仏教なの？」と狭霧は僕の視線を遮るように首を傾げて訊いた。

「僕は違う。でも家系としてはね」

「ふうん。慣れてるみたいだったから」

「母方の従兄の家に仏壇があるんだ。そこへ行くとまずお参りをして、三食の前にお供えがあって、帰る時にもお参りをする」

「家ではしないの？」

「そうだね。しない」

「なぜ？」

なぜ？

　彼女がそんなふうに自分から話を掘り下げるのは意外だった。まだ半年だ。身内が死んで半年。人の死の話は控えた方がいいだろうと思っていたけれど、違うのだろうか。

「家に仏壇がないからじゃないかな。つまり、従兄の家には死んだ人があって、うちにはまだない」どちらにしろ僕は言葉を選んだ。麦茶を一口。

「従兄の家に祭られている人とは面識があったの？」

「ないよ、ほとんど」

「どうして面識がなくてもお参りするんだろう」狭霧は僕の目を捉えたまま言った。彼女は自分のグラスや僕の手元や縁側の方、視線を方々に移しながら話していた。でもこの時は僕の目だった。

「面識がある人の家族だったから……かな」僕は言った。

「じゃあ、その時は、自分の作法じゃなくて、知っている人に倣ってお参りする？」

「だろうね」

　狭霧はハトが餌箱を覗き込む時のようにちょっと首を寝かせた。

「やっぱり儀礼だと思うな」と狭霧。

「儀礼。習慣やしきたり？」

　僕が訊くと狭霧は足を崩してグラスに手をやった。でも持ち上げるでもなく、動かすでもなく、ただ触れただけだった。

「もし慣習やしきたりがなかったら、それでもお参りする？」

僕はしばらく考え込んだ。「拝むべき仏を知らないだろうし、理解もできないだろうね」

「そうだよね。もしもそれを教えてくれる親戚関係がなかったら、仏壇や墓石や葬祭なんてものは成り立たないと思うんだよ」

僕はわずかに頷いた。

「それって、生きている人間にとって死者との関係を正しいものにするために不可欠なものというわけでもない。だって、思い出そうと思えば仏壇の前でなくたって思い出せるよね」

「柴谷は儀礼なんかいらないと思う？」

「そういうわけでもないんだ」と狭霧はグラスに触れていた手を指先だけ持ち上げた。

「だけど、懐疑的な立場というか」

「懐疑的」僕は繰り返した。

「うん。嫌な思いをしたんだ。おばあちゃんの葬式ね、まるで近親者の同窓会みたいだったな。主役は確かにおばあちゃんだし、みんなその人のために集まる。だけど集まった親戚同士話すのはお互いの息災ばっかり。食べて、酔っぱらって、馬鹿みたいに大笑いして。

献杯だけしておけば、あとは死人のことなんか忘れてもいいみたいに。昔は気づかなかったけどさ、お葬式ってそういう場所なの？」

狭霧は至って落ち着いた口調で言った。胸の中から取り出した憤りを一つずつ自分の前に並べるみたいだった。それも等間隔に、僕の方へ向きを揃えて。

「一種のパーティなんだ」僕は答えた。「だけど、お寿司とか、美味しいものが食べられるのは死んだ人から集まった人へのもてなしって意味合いもあるんだから、遺族が楽しんで普段話せないことで盛り上がるのは必ずしも悪いことじゃないんじゃないかな」

「それなら楽しむ方は死んだ人にもっと敬意を払ってもいいはずだよ。死んだ人を惜しむような話がもう少し長くてもいいと思うんだ。それか、遠くの灯台の光が巡ってくるみたいに、時々、『いやあ、そうか、この人もとうとう死んだか』って、それくらいの感嘆はあってもいいと思うんだ。いくら形だけ手を合わせても、それで冒瀆が許されるわけじゃないよ」

「まあね。僕らより長生きしている人間がそれだけ多くの人間の死を見てきたというのは考慮すべきだろうけど」

「そう。慣れているのかもしれない。それに、私にとってのおばあちゃんと、彼らにとってのその人と、その存在の重さはやっぱり全然違う。実際ちっとも惜しくなくて、ちっとも惜しくない人の死なんかパーティの口実にしかならない。もしそういうもののために儀礼があるなら、それを引き継いでいくのは私は嫌だな」狭霧は一言一言の正当性をよく確かめながらゆっくりと言った。

「僕はその親戚たちがどんな人間なのか知らないけど、自分にとっての死者の重みを置いても、本当に惜しんでいる人がいる横で傍若無人に騒ぐのは、確かに、大人じゃないかもしれない。柴谷が親戚たちの事情を理解するのと同じくらい、彼らもまた柴谷に配慮しなければいけないはずだ」

僕がそうフォローすると狭霧は急ににやにやした。「私ね、それでお通夜の時嫌になって、ほら、だいたい会場とお座敷と部屋が別でしょ、みんながお座敷で固まっている間にお棺の前にビールを持ってって飲んでやったの」

「あ、どんな味だった?」

「ぬるかった」

いいオチだ。すごく可笑しかった。僕も笑ったし、狭霧も笑った。

笑いが収まったところで狭霧はグラスの麦茶を一口飲んだ。彼女の顎の下がきゅっと動いた。

「ねえ、こんな話やめようか」彼女は提案した。パーカーのカンガルーポケットに両手を入れて自分のお腹をまさぐるように撫で回した。

「人が死んだりする話？」

「それも含めて、例えば人の死についてでも、何か深く考えなければ語ることのできないテーマの話だよ」

「柴谷は、嫌になった？」

「私はいいよ。自分から始めたんだし」狭霧は首を振った。

「続けてもいいいんじゃないかな」

「そう？」

「うん」僕は肯く。

狭霧はまたしばらく言葉を選んだ。それから言った。

「こういう話って、他の人は授業の課題だとかで強制されなきゃ考えないことだと思うんだ。もし課題として、例えば授業の中で語ることを強いられるのなら、始業のチャイムと終業のチャイムの間にどれだけ自分を曝け出したとしても、授業という状況が妥当な言い訳になるから、別にいいよねって思える。でも休み時間は違う。こんな曝け出した話を本来の自分として話すのはやめておこうって思う。そう、曝け出すことなんだよ。自分が何を考えているのか、深く考えたことを話すというのは、精神的に裸になることだから。だからみんな恥ずかしがるんだ。尋常な人間なら考えなくてもいいことやなんかを考えてるんじゃないかって引かれたり、人によっては考えすぎだよって慰めてくれたりするけどさ。話している方はきっと真剣なのに、言い訳の効かない環境じゃみんな茶化そうとする」

僕は頷いた。テーブルの下で手を組み直すとじっとり汗の感触があった。

「やっぱり嫌でしょう?」狭霧は微笑した。

「いや、真剣に話そうとしたらさ、適当な言葉で間を持たせるのはよくない気がして。少し時間をくれればきちんと考えてから答えを言えると思うけど」

狭霧は僕の方をちょっと見上げる具合にして黙っていた。きっと狭霧も恥ずかしいのだ。躊躇しているのだ。そう思った。躊躇の奥には期待がある。その期待は僕の受け答え次第、心構え次第で簡単に消えてしまいそうだった。

「僕は曽祖父が死んだ時のことをよく憶えてる。自殺だったんだ」

「作り話だ」狭霧は疑った。僕がどうにかして話を合わせようとしているみたいに思えたのだろう。

「違う。事実さ。自分で拳銃をつくって、部品をトランクに詰めてアメリカへ行ってから組み立てた。綺麗な死に方だったってさ。タオルをどっさり持ってって、一つを頭に巻いて、残りを枕にしてさ。シーツの上に十二個シミをつけただけだった。それもちっちゃなシミさ。遺体は好きにしてくれって遺言だったけど、条件付きで、特別自分の墓になるような場所には埋めないこと。つまり水葬か散骨にしてくれということだったんだ」

「それでどうしたの？」

「結局代々の墓石の下に埋められちゃった」

「いつ亡くなったの？」

「十年くらい前だね」

「悲しかった？」

「僕は悲しくなかった。澪《ミオ》は落ち込んでたけど、僕はね。まだ小さかったし、長い間一緒に居たってわけでもない。僕の中で彼の存在がそんなに大きくなかったからだよ。それでどんな感じがしたかっていうと、ただ、一つの時代が終わって新しい時代が始まる、その切れ目のような、そんな感じがした。西暦が二千番台に乗ったってくらいに」

「お姉さん、ひいおじいさんと仲良しだったのね」

「パイロットだったからね」

狭霧は両手でグラスを包んで、机に乗せたまま右でもなく左でもなく少しずつ回転させた。

「ねえ、人の死はどこにあるのだと思う？」狭霧は訊いた。言葉の前に息を止めたような短い空白があった。それはたぶん躊躇《ためら》いを踏み越える気合いを溜めるための時間だった。

「どこ？」

「それは単に肉体的なものなのか、それとも精神は違うのか」

「肉体と、精神」僕は呟いた。

「若山牧水の短歌にあるでしょう。『白鳥はかなしからずや　空の青　海のあをにも染まずただよふ』青く染まってしまえば楽なのに、でも、染まってしまえば白鳥は白鳥ではなくなる、それは白鳥として死ぬということだから、白鳥は孤独を受け入れて生きている」

「精神的に死ぬ、ということ」と僕。

「肉体が死ねば精神も死ぬ。それは医学的な事実だよ。じゃあ、逆はどうなんだろう。先に精神が死んでしまったら、肉体も死ぬのかな。それとも、違うのかな」

　僕は麦茶を飲んだ。グラスが汗をかいて机に水溜りができていて、手についた水を腕に塗り込むと少しひんやりした。外は相変わらずものすごい日照りの中にあって、涼しい風の通る家の中から見るとまるで電子レンジの中を覗き込んでいるみたいだった。時々ヒヨドリの鳴き声が聞こえた。耳を澄ましていれば地面の土が煮えくりかえる音まで聞こえてきそうだった。

英語で考える

狭霧は立ち上がって台所から麦茶のボトルと布巾を持ってきた。布巾で丁寧にグラスを拭い、麦茶を九分目まで注ぎ足した。台所へボトルを置きに行って、熱の籠った座布団を叩いて裏返してから座り直した。

それからテーブルの隅に寄せてあったノートの一山から僕の地理のノートを開いて、「ねえ、ええと、ここ、この辺り、先生はどんなふうに説明してたの？」と人差し指で僕の字を指して訊いた。僕はタンスの奥に仕舞い込まれたシャツを捜し出すみたいに記憶を辿って、授業で聞いたことをできるだけその通りに伝えた。国語と数学も同じように口頭で解説した。それが済むと狭霧は僕が新しく持ってきた二教科、理科二分野と英語のノートを指して、「これもいま写していい？」と訊いた。それはつまり「まだ時間ある？」という質問と同じだった。僕は肯いた。それから長押《なげし》にかかっている時計を見上げた。そう、肯いてから時計を見たのだ。まだ十時を回っていなかった。

単なる転写の作業の間、狭霧は特に喋らずに手を動かした。時々左手を耳の後ろにやって髪を押さえながら、並べた二冊のノートの間に目を行ったり来たりさせ、全然顔を上げずにノートを写した。

僕のノートはありふれたキャンパスだったが、彼女のはアピカで、表紙は無地のクラフト紙、製本テープの色が五色きちんと別にされていた。赤、黒、緑、オレンジ、黄色。

それから僕は狭霧の指を見た。前々から思っていたことだけど、彼女の手は文句のつけようのない美しさだった。骨の節はほとんど主張がなく、関節の皺は最低限、爪は卵型で大きく、指と掌の恐るべき長さの比率、薄さ、全体の細長い感じ。親しい人間ならたっぷり十五分は触って研究してみたくなるような手だった。

そして彼女のペンの持ち方は薬指を枕に中指は人差し指と揃えておくタイプで、どの指にもほとんど力が入らず、ペンはかなり寝ていた。字は几帳面で、どちらかというと男前だった。書きなずむところがあると、ペンを持った手の中指が上に出てきて人差し指の爪をかりかり引っ掻いた。僕に質問をするとその癖は収まって、次に気になるところがあるとまたかりかりかりし始めた。彼女は図を大きく描いて蛍光ペンを何色も使った。字と違って実に女の子らしいノートの取り方だった。

僕はそっと立ち上がり、沓脱ぎ石の上に置きっぱなしだったプーマのスニーカーを玄関に持っていった。土間の隅に狭霧が普段学校に履いてくるニューバランスのスニーカーと水色の長靴が並んでいた。緑の革のサンダルもやっぱり玄関にあった。僕は少し考えてから上がり框《かまち》の真ん中より少し左に寄せて自分の靴を置いた。ど真ん中ではいささか図々しいし、端では馴染みすぎている。

玄関の様子は前日と変わりなかった。傘立てに傘があり、靴棚の扉はどれもきちんと閉じられていて、その横には姿見が立てかけられていた。姿見を間近から見ると上の方にいくつか指の跡がついていた。それは狭霧の指の跡に思えた。狭霧は毎朝ここに立って、前髪の分け方が変じゃないか、制服に皺がないか、脚の虫刺されの痕が目立たないか、なんてことを順序良く確認していくのだろうか。そんなふうに僕は想像した。

玄関の北側へ行くと居間と台所を隔てる廊下に当たって、突き当たりの壁にある丸い窓まで見通せた。右手の洗面所に入って両手に水を汲んで顔を洗い、脇に挟んでおいたハンカチでぐるりと拭った。縁側の方から回って居間の前に戻った。庭に陽炎が出ていて、縁側に立つと下から熱線が注いでくるのを感じた。空は青く光っていた。

「どうしたの？」狭霧が手を止めて訊いた。

「顔を洗ってきたんだ。汗をかいておでこがちょっとべたべたしていたから」

「そう、それなら構わないんだけど、あ、ねえ、空に何か見えた？」

「何か？」

「例えば、そう、人工衛星の影とか」狭霧は指を立てて頭上に大きな弧をさっと描いた。「そいつを偶然見かけるにはオオワシ以上の視力が必要だな」

「ミシロは目がいいよね」

「いいけど、オオワシほどじゃない」

「じゃあ人工衛星は見えないか」

「見えない。何も」僕はもう一度空を見上げた。「そこには強い光しかない」

「強い光しか」

「そう」

「帰る時は言ってね」と狭霧は言った。狭霧が本当に言いたかったのはその一言だった。

「あ、ああ、ごめん」と僕。

狭霧はペンを置いて後ろに手を組むと、そのまま腕を持ち上げて伸びをした。薄い腰つき、弓なりの背中。美人かどうかと訊かれたらきっぱり答えるのは難しいけど、狭霧は男の子の心をつかまえる要素をきちんといくつか持っている少女だった。

僕は自分の気を逸らすために顔を上げて天井を見た。縁側の欄間に孔雀の彫刻を見つけた。長い尾羽は一列一列透かし彫りで繊細に表現されていた。奥行きが小さく派手でもないので、外から縁側へ上がる時には気づかなかった。

「これはいいデザインだね」僕は言った。

「欄間？」

「そう、欄間」

「さすが、美術が得意な人は違うね」狭霧はそう言ったあとパーカーの裾を直しながらしばらく沈黙していた。それは説明を組み立てるために必要な間だった。

「この家の装飾は明治二十年から三十年くらいに西洋美術にかぶれた職人さんが手がけたものなんだって。都市計画からも外れて、震災にも耐えて、焼夷弾は他の家に降った。建った頃は決して珍しい建物じゃなかったんだけど、今ではもう同年代のものは近所になくて、ちょっと貴重なの。もしその良さがわかるんなら、おばあさんの知り合いたちと話が合うかもしれないね。昔おばあさんが写生会を招いたことがあって、この建物が好きで今でも時々絵を描きに来る人がいるんだ」

「お年寄り？」僕は居間に入りながら訊いた。

「ううん。若い人。女の人。どうやって生活しているのかよくわからないような、でも丁寧な人で、挨拶をする時は必ず帽子を取ってくれるし、来るのは本当に時々だけど、土地のお菓子を持ってきてくれるし、喋ると気前がいいけどお節介でもなくて、それで小さな画板立てを庭のどこかにひっそり立てて二時間か三時間くらい絵を描いていくんだ。だから全然迷惑じゃないし、私はその人のこと好きだな。私が居るとどこそこへ座っておいてとか、モデルにしてくれるしさ。決して大きく、私をメインに描くわけじゃなくて、この家の風景の一部として私の姿を描くんだけどね」

居間には台付きの東芝の三十インチくらいの液晶テレビ、オーディオ、それに飾り棚が一組あって、いずれも畳を傷めないように足の下にベニヤを敷き込んでいた。僕は飾り棚の前に立ってガラスを覗いてみた。普段使いとは違う食器や本や小さな置き物の類が高層オフィスのテナントのように棲み分けていた。置き物の段はイギリスにまつわるものが揃っていた。ロンドン・アイを模したステンレスのモビール、ウェストミンスター・パレスのミニチュア、コーギー模型のダイキャスト製アストン・マーチン、同じくウェストランド・ワイバーン。

その下段にGCSEを冠した題の本とCDのケースが並んでいた。本の背表紙は全てアルファベットだった。手前にはイヤホンをぐるぐる巻きにされたCDプレーヤーが転がっていて、縄で縛られた罪人みたいだった。コードの巻き方は狭霧の性格からするといささか乱暴に思えた。

ふと何かの気配を察して目の焦点を遠くにやると狭霧の姿がガラスに映っていた。

「ＧＣＳＥ」ガラスの中の狭霧は言った。「日本で言うところの高校入試対策問題集」

「開いてもいい？」

「いいよ」

　僕はガラスの扉を開いて問題集を一冊手に取り、ぱらぱらと捲ってみた。当然だけど中身は全部英語だった。

「イギリスは６３３４制じゃないんでしょう？」僕は圧倒的な量の英語で埋め尽くされたページを捲りながら訊いた。

「うん。大学に入る歳は同じだけど、中学高校の区別がなくて、十三から十八歳まで高校生をやるんだ。その中で最初の四年間はシニアスクール、あとの二年間はシックス・フォーム、あるいはチュートリアルカレッジ。シックスフォームは目指す大学によって通う学校が分かれるんだけど、その時に目安にするのがＧＳＣＥの試験なの。だから実質としては４・２の中高制なんだよ。シックスフォームは義務教育でもないし」

「じゃあ実質的に高校入試まで一年余分に猶予があるんだ」

「そうともいえない。ＧＣＳＥやＡレベルの試験は五月だから、猶予はせいぜいプラス二、三ヶ月ってとこ」

「そんなに早い時期に試験があるの？」

「そう。でも学年の切れ目が八月と九月の間なんだ。八月に卒業として、入試から三ヶ月」

「そうか、年の切れ目が違うんだ」

「まるで時間の流れがここと向こうで違うみたいな言い方だね」狭霧はちょっと笑いながら膝立ちになってノートの奥に手を突いた。足が痺れたのかもしれない。「私が一学期の終わりで向こうに行くのはそれに合わせるためだよ」

「じゃあ僕が中学三年の後半をやっている間に柴谷はもう次の学年をやっているんだね」

「少し無理をしてね」

僕は棚の中に目を戻した。また少し狭霧のことが遠く感じられた。

「そっちの黄色いＣＤは英語の教材。それを聞いたらミシロもイギリス人になれるよ」

「そんな簡単なものじゃないよ」僕は振り向いた。

「それが、なるんだよ。私はね。だって英語で考えるんだから」

僕はケースの列から適当に一つ選び出して手に取った。第十一巻だった。ジャケットには狭霧の言う通り「英語で考えよう！　Let's think in English!」と大きく宣伝文句が印字されていた。僕は意見を求めるつもりで狭霧の顔を見た。

彼女はまた小鳥のように首を傾げ、「ようかん食べる？」と訊いた。

「ようかん?」

「うん、水ようかん」

僕は肯いた。狭霧は台所に行って冷蔵庫の扉の向こうで何やらがさごそし始めた。鼻歌が聞こえた。「時の旅人」合唱曲だ。やさしい雨にうたれ……というサビのあと二小節ほどで途切れて「どう、面白いでしょ?」と訊いた。英語のCDの件だ。

そう言われたってまだ聞いてない。僕は心を決めて封印を解きにかかった。イヤホンを浅く耳に挿し、CDをケースから出してターンテーブルに嵌め込んだ。縁側の柱に肩で寄りかかって台所を見た。狭霧は調理台でようかんを切っていた。北向きの窓から入った結晶のような光が彼女の周りに漂っていた。

僕は庭の方へ体の向きを変えた。そして再生。狭霧の撒いた水滴や、光沢の強いクチナシの若葉に日光がきらきらと反射した。CDが音を発するまでの短い間、僕は音のない光の世界を眺めていた。

音が始まった。

聞き流しタイプの対話形式の英文読み上げなので、テキストのここを開けなどという指示はなかった。それを聞くのは字幕スーパーで洋画を見る時の感覚に似ていた。日本人が相手だということなんて考えていない。理解も求めていない。一通り会話が終わったあとに簡単な英語で状況の説明があって、そのパートは僕でも十分聞き取ることができた。会話が五本くらいで一つのユニットを形成していて、ユニットの合間にラジオのDJのようなパートがあって、ビートルズの「ラヴ・ミー・ドゥ」をバックに陽気な男の声がリスナーの調子を窺うようなことを二、三言った。

だいたい雰囲気はわかった。もう十分だ。僕はそう思ってイヤホンを外した。気の早いニイニイゼミが鳴いていた。

「座って」狭霧は席に戻っていた。テーブルにようかんのガラス皿が置いてあった。

僕はCDを出して狭霧に渡し、イヤホンのケーブルをプレーヤーに巻いて封印し直した。狭霧はCDをケースに押し込んでプレーヤーと一緒にひとまず自分のノートの上に乗せた。

僕たちは再び座卓の両側に座った。ようかんはつやつやしていて黒い中にも薄赤い透明感があった。それが曇りガラスの小さな角皿に斜めに乗っていた。僕はようかんの角を銀色のフォークで切って食べた。食感も控えめな甘さも素晴らしかった。

「どこのようかん？」

「私が作ったんだ」狭霧は肩を竦《すく》めながら答えた。

「ようかんって作れるの」

「うん。全然難しくないよ。まあ、本に書いてある通りやっただけなんだけど」

「おいしいよ、とても」

狭霧はようかんを刺したままのフォークを皿の縁に引っ掛けて、「今日は家に誰か居るの？」と訊いた。たぶんフォークを持ったままではできない質問なのだ。

「うん。母親が居る。今は出かけているかもわからないけど、お昼までに帰るって言ってある」

狭霧は時計を見上げた。

「まだ居られるよ」と僕は言った。はじめは長居するつもりもなかったのに。自分でも不思議だった。

一人では居られない

「先生は他にも何か頼んだの？」狭霧は訊いて、それから両手を編み目に組んだ。「ノートを見せるのと、プリントを渡すのと、あと、他に」

「ご家族に会ったらよろしくって」

「じゃあ絹江さんのことも言ってた？」

「誰？」

「白梅絹江《ハクバイキヌエ》。私の母の姉にあたる人」

「ううん。言ってなかった」

「ふうん」

「母の姉、ということは、伯母？　でも、どうして先生が伯母さんのことを話さなければならないんだろう？」

「さあ、なぜでしょう」狭霧はちょっとだけ微笑を浮かべた。

「なぜだろう」僕は至って真面目に答えた。数回瞬きしただけだ。

「話してもいい？」

話してもいい？

それは「教えてあげようか？」とかではなく、あくまで「話してもいい？」だった。

「うん」僕は確かめるようにゆっくり肯いた。

「絹江さんは横浜に住んでるの。上大岡だったかな。それで、自動車のショールームに勤めていて、結婚はしていない。歳は四十六か七だったと思うけど、そんな勘定なしにしても綺麗な人だよ。物腰は穏やかだけど、女性としての色彩や輪郭は全然褪せていない。私がここでおばあちゃんと二人で住んでいる間も半年に一度くらいは様子見に来てくれてた。おばあちゃんが死んでからここへ最初に来てくれたのも彼女だった。そうそう、おばあちゃんはこの家で死んだの。別に、臨終は住み慣れた家がいいって意志があったわけじゃなくて、命日の何日か前に体調を崩して寝込んで、往診に来た先生もそんなに危ない状況だとは診断しなかった。私も風邪の看病だと思ってやってた。死んだのは、というか、私がそれに気づいたのは夜の九時頃だった。触ると冷たくて脈もなかった。苦しそうでもなかったし、苦しんだ形跡もなかった。死んでから少し時間が経っているみたいだった。つまり、私は何も蘇生措置をしなかったけど、それは、もはやそういった抵抗に意味のある段階ではないと強く感じたからなの。できるだけ早く誰かに連絡することも考えたけど、それもしなかった。もう夜だし、誰かを呼んだところでこの状況はどうしようもないと思ったから。それで、その夜私は一人で眠ることにして、当然なかなか眠れなかったけど、次の朝起きて何も変わっていなかったら、つまり、それが現実だということがはっきりしたら、掛り付けのお医者さんに電話しようと決めた。そして実際そうした。先生は死亡確認のあと私に家族の連絡先を訊いた。母のは知ってるから、他の親類のね。地理的にも血縁的にも近い親戚の。私は絹江さんの番号を教えて、先生が電話をした。それで彼女におばあちゃんの死が伝わったの。先生はそれから葬儀屋さんにも連絡して手配してくれた。それから、絹江さんが着いたのが昼前で、葬儀屋さんはその後。あとは彼らが流れでやってくれたし、確認の必要なことは絹江さんが引き受けてくれたから、私が決めなければいけないことなんて何もなくて、ただ横に付き添っていただけだった。夜の間、そういうのは私がしなければいけないことなのかなって想像していたから、なんだか悔しかった。私だって親族なのに、役立たずのお荷物みたいで。それから、一日も経たない間におばあちゃんは死に化粧に死に装束をしてそこの仏間で北枕に寝かされた。多くの人が私の前を慌ただしく通り過ぎていった。とても長い一日だった。夜になって、この家で二人きりになって、私も絹江さんもやっと息がつけた。

『疲れた?』って絹江さんが訊いて、『少しだけ』って私は答えた。

絹江さんは死んだ母親をしばらく眺めて『早いものね。人の死が合理的に作業されていくというのはなんだか悲しいわね』って言った。『つまり、それは儀礼と、儀礼をつつがなく運行するための産業の作用なのよ。人の死はすでにベルトコンベアの上にあるのよ』

絹江さんはお葬式が終わるまでここで寝泊まりして、それから四十九日までは火曜日か木曜日、彼女の休日にここに来て私の母と諸々の話し合いをしていた。私の母が日本に戻ってきたのはお葬式の前の日ね。葬儀費用をどこから出すか、香典返しを何にするか、財産をどう分けるか。そういう話。私をどうするかという話もあった。母はすぐにでも連れて行きたかっただろうけど、私にはそんなつもりもないし、準備もできていなかった。それで一学期の終わりを区切りにしたらいいじゃないかという妥結に至ったんだ。条件は二つ、何を言おうと夏休みに私を向こうへ連れて行くこと、そして納骨から夏休みが始まるまでは絹江さんがここで寝起きして私の面倒を見るということ。だからミシロは私のお母さんが居ないのか二度訊いたけど、実は居ないの。居るはずがないんだよ。今は居ないって私が答えたのは事実ではあるけど真実じゃない。ちょっと嘘っぽくてごめん」

狭霧はゆっくり頭を下げた。髪がテーブルの縁に垂れた。

「本当に何も先生から聞いていないの？」狭霧は訊いた。

「初耳だよ。柴谷のお母さんがイギリスに居たのは知ってるけど、柴谷が向こうへ行くまではこっちに居るのかと思ってた」

「それにしては驚かないんだね」

「そうかな。驚いてるけど」

「本当？」

「たぶん驚きの回路がかなりスローモーションなんだ。だから驚きが感じられるのも遅いし、弱く長く続くから、瞬間的にものすごく驚くようなことはないんだと思う」

「じゃあそろそろ驚いているの？」

「すごく」

僕がそう答えると狭霧は不思議そうに僕の目を覗き込んだ。

「もし絹江さんではなく私のお母さんがここにいるなら、先生は『ご家族』じゃなくて『お母さんによろしく』って言ったんじゃない？」と狭霧。

「どうだろう。そこまで細かく考えなかったな」

「ともかく、先生はそこまでは把握しているんだ。そこまでは」

狭霧は布巾に手を伸ばして改めてグラスの汗を拭き取り、グラスを額や頬に当てて熱を吸わせた。「ぬるくなってきたね」

僕のグラスの氷もあらかた溶けて無色の水の層が麦茶と分離していた。飲んでみると確かにきりっとした冷たさはなかった。

「氷、足してくるよ」と狭霧が手を伸ばした。

僕は麦茶を飲み干してその手にグラスを預けた。

「君のお母さんは今度は自分のお姉さんに自分の子供を任せて行っちゃったわけだ」

「とんだ甲斐性無しでしょう？　まあでも、そのおかげで私は万事を一人でこなす術をおばあちゃんから学んだのだけど」狭霧は少し声を大きくして台所から話を続けた。「絹江さんは約束通り毎日うちに帰ってきて、毎朝朝食を作ってくれたし、火曜日と木曜日には家事をして私が学校から帰ってくると買い出しに連れて行ってくれた。おばあちゃんや母の話を聞かせてくれた。自分に子供がいたらどんなだったかな、狭霧みたいな子だったらいいだろうなって言ってくれた」

狭霧は氷と麦茶を足し終えて、口の中で氷をばりばり噛み砕きながら戻ってきた。

麦茶はよく冷えていた。彼女は氷を飲み込んで話を続けた。

「でも時々、私は彼女が本心から強く望んでこの家にいるわけじゃないということを強く感じたんだ。それは彼女が何か少しでも目に見えるような嫌悪を表したということではなくて、ただ、私の親を演じることや私の親代わりになるということが自分の宿命ではないと彼女は感じていて、私はなんとなくそれを感じ取っていたの。なんというか、掃除機をかけたり洗濯物を干したり、私の存在を忘れて家事に酷く集中している時、彼女の表情は少しだけ灰色だった。彼女は親切だけど、親切のあとに燃え残った自己犠牲の灰が彼女の中に積もりつつあったのだと思う。私はそれを感じるのがつらかった。だから提案したんだ。もう私の世話をしないでいいって。もちろん絹江さんは突っぱねた。『それはできない』。だけど私は身の回りのことは一人でできるし、一人で眠るのも怖くない。絹江さんにも仕事があって、どちらにしても昼間の私は一人だ。あなたの手を煩わせるのはどうしても大人の手が必要な時だけにしたいんだ。だからもう普通の生活に戻っていい。

　そしたら絹江さんは言った。

『あなたの言う普通って、私が一人で暮らして、あなたのお母さんが一人で仕事をして、あなたとあなたのおばあさんが一緒に暮らす、そういった状況のことでしょう。それはどちらかというと特殊な状況じゃないかしら。どう？　普通を求めるならあなたのお母さんはそもそもあなたから離れるべきじゃなかったとも言える。もし特殊な状況に適応してそれをだんだんと自分の普通にしていくのが人間なら、私たちも今は特殊に思えるこの状況を普通にするべきじゃない？　確かに今の生活は期間限定よ。だけどもしこの形が普通だと思えるなら、もう一度あなたのお母さんと話し合って、あなたがここに残ることだってできるの』

『確かにそうかもしれない。でもできることなら慣れた生活を続けるべきだと思うの。私も絹江さんも。二人とも一人の方が楽なんだ。お互いのことを気にかけて擦り減っていくよりも、お互いに離れて一人でいる方がいい』

『おばあさんがいない一人きりの生活に慣れているの？』

『まだ。だけど一人でも大丈夫なように育ててもらったと思う』

　もちろん絹江さんは簡単には肯かなかった。長いこと考えて、でも最後にはこう言ったの。

『わかった。納得したわ。つまり、あなたの親はあなたのおばあさんというわけね。それなら仕方がないわ。親が死んでしまったなら、子供は自立しなければ』」

狭霧は微妙に声色を変えて自分と絹江さんを演じ分けていた。麦茶で喉を濡らした。

「それで納得したの？」と僕。

「今のは少し縮めて話したの。実際はもう少し時間が必要だったけど」

「結局無責任じゃないか」僕は唖然とした。

「そんなことはないよ。絹江さんは私を認めてくれたんだ。聡明だよ。それは大人の役目を他人に押しつけるだけの私のお母さんの無責任さとは違う。母が取り上げた責任を絹江さんは私に返してくれると言ったんだよ。絶対に無責任なんかじゃない。……それで、私と絹江さんは表向きだけ一緒に暮らしていることにした。だから先生は本当のことを知らないの。家庭訪問も何度かあったけどその度に絹江さんは都合をつけてうちに来てくれたから」

「それが先生の知らない事実なんだ」

「そしてミシロの知らなかった事実だよ。先生に報告しないでね」

「わかった。秘密にしておくよ。だけど」

「だけど？」狭霧は解きかけた表情を再び硬くした。

「だけど、一つ疑問があるんだ」

「なに？」

「君のお母さんと絹江さんとの間で話し合った時、君が絹江さんのところへ移るという案は考えなかったの？」

「考えたけど、でも現実的じゃなかった」

「というと？」

「誰かが住んでいてあげなければこの家が死んでしまうから。雨漏りを塞いだり、障子を張り替えたりというだけじゃなくて、扉を開け閉めしたり、畳を踏んで歩いたり、そういう当然のことが家にとってはとてもいいことなの。庭の草花だって、暑い日には毎朝水をやらないと死んじゃうでしょ。私も絹江さんも、この家を蔑《ないがし》ろにしないことには賛成だから。それが一つ。もう一つの理由は私にあるのだけど、もしこの家を離れるなら、外国だろうが国内だろうが同じだと思っているから。結局変化は変化だから。私は私という人間をこの場所で積み上げてきた。それが揺さぶられて崩れてしまうかもしれないのは、どちらにしろ変わらない」

「じゃあ、柴谷がイギリスへ行ったらここは絹江さんが守ることになるんだね」

「そうなると思う。私の母もここを手放したくないみたいなんだ。理由はそれぞれだけど、私としても知っている人がここにいてくれるのはいいことだし、いつか戻れるならここに戻ってきたいから。私にとってこの場所がどれだけ大切かわかってくれるでしょ？」

僕は頷いた。疑問を差し挟む余地はなかった。

絹江さんについての話はそれで一段落だった。狭霧は僕を説得したところで一息つき、フォークを取り直してようかんの最後の一欠片《かけら》を食べた。

「もっとようかん食べない？　余ったら一人でようかん地獄だよ、これ」

ということで僕はおかわりをもらって、狭霧は最後の理科二分野のノートを写し始めた。僕はそれから孔雀の欄間がどうも気になった。僕が手持無沙汰だと彼女も居心地が悪いだろうし、それならと思って縁側に出た。やはり風が気持ちよかった。家の中は全体に日陰で、風の方も太陽を避けてこの家に集まってくるのかもしれなかった。襖がほとんど開放されていて壁も少ないので畳敷きの空間はとても広く感じられた。

僕は再び欄間を見上げた。鷹や鷺のモチーフなら親の田舎で見たことがあったけれど孔雀はない。初めてだった。尖った嘴、カールした飾り羽。精巧な彫り。厚さの制約があるので奥行きが少し押し潰されて完全な立体ではないのだけど、それにしてはリアルだった。

踏み台代わりに折り畳み椅子を出してもらって、正面から彫刻が見える位置に立てた。

鞄から鉛筆とクロッキー帳を出して椅子に登り、新しいページに彫刻を輪郭から写していった。

そして時々自分の手元越しに狭霧の様子を窺った。ノート写しに集中している。集中しつつも僕の方を気にかけている。でも僕の視線には気づいていない。そんな具合だった。

僕は鉛筆を動かしながら狭霧の気持ちを想像した。彼女は僕に何かを求めているのだろうか。僕がノートを渡しにきただけなのはわかっているはずだった。それでいて僕にお茶を出したりようかんを出したりする。現にかなり長い時間話し込んでいた。一人でいる寂しさが話し相手を求めさせただけなのだろうか。一人きりで考えることはもう十分やったから、今度はそれについて誰かと議論しよう。それは理解できる気持ちだった。だけど、それにしてはどこか煮え切らない。ここから先はやめておこう。言わない方がいい。そんな躊躇を僕はこの日の狭霧にうっすらと感じていた。学校にいる時の同級生として割り切った距離感ではないのだ。

そしてとうとう狭霧と目が合った。目を向けたまま考えごとを始めてしまったせいだ。

「気が散るかな」僕は訊いた。

「いいえ、全然」狭霧は目を大きくした。僕の言葉が意外だったらしい。

「気が散るなあって目をしていたよ」

「困ったな。ほんとにそんな気はぜんぜんしてないのに。ところで、スケッチは終わった？」

「だいたいね」

狭霧が膝立ちで居間の端まで歩いてきたので僕は椅子の上にしゃがんでクロッキーを彼女に見せた。

「すごく精巧に描くんだ」と狭霧。

「形を憶えておきたいから」

「形を憶えておきたくて？」狭霧は顔を上げた。

「そうだよ」

「写真ではなくて？」

「カメラを持っていたら使っただろうけど、でも描く方が形を捉えるにはいいと思う。対象物をよく見なければ写しようがないから。それに、よく見なければわからないこともある。複雑に見えるものが実は単純なつくりをしていることもある。単純に見えるものが実は複雑なつくりをしていることもある」

「なるほど。解析であり記憶だ」

「解析であり、記憶」僕は繰り返した。

「違う？」

「いや、違わない」

「ミシロはいつかこの絵を見てその欄間を思い出す」

「そのために描いたんだ」

「じゃあ、記憶の補助であって、絵の中に全てが表れているわけではない」

「だろうね。色をつけていないし、材質もわからない」

狭霧は片方の目をぎゅっと瞑《つむ》って拳の背で自分の頭をこんこん叩いた。何かアイデアが出かかっているらしかった。

「つまり絵は記憶そのものではなく記憶の触媒なんだ」彼女は言った。

「ふむ」

「そして絵は現実そのものではなく現実に対する感覚を記憶する」狭霧はクロッキーを閉じて僕に返した。僕はしゃがんだままそれを膝と胸の間に差し込んだ。

「私はイギリスに行ってきっと変わるよ」

「でもそれは肯定的な意味じゃないんだね？」

「別の人間になる。夏休みの始まりまでここで生きていた私は永遠に失われてしまう。記憶が残っても、私そのものはきっとそうじゃない」

狭霧は僕に手を差し出した。僕はその動作の脈絡を読み取ることができなくて、しばらく椅子の上にしゃがんだままだった。

「いくつか訊きたいことがあるの。遠い未来じゃなく、目と鼻の先にある問題について。二日後の問題について」

狭霧は理科二分野のノートを写し終えていた。あとは解説だ。僕は座布団の上に戻って彼女の質問に答えることにした。

第二章　蛇

淵田のこと

七月。その日も雨だった。風に流された大粒の雨が廊下の窓ガラスを叩いていた。突風が吹くと向かいの棟の屋根に溜まっていた雨粒まで飛ばされてきて、クラスター爆弾が落ちたみたいな「ばばばっ」という音がした。

校則というほどのものではないけれど、学校の決まりの中に、体育、技術、美術の授業、それと理科の実験の時は生徒は体操服・ジャージに着替える、というのがあった。それらの授業は教室の移動が伴うので、前後一時間の授業はジャージのままで受けてよいという補則もあった。生徒の間では上だけジャージを着て下は体操着のハーフパンツという格好が暗黙のオシャレコードになっていて、夏場に半袖短パン、冬場に上下真っ青な長いジャージを合わせるのは不慣れな一年生だけだった。冷静に考えればいずれにしても一人で外に着ていけるような格好ではないのだから、学校社会特有の階層意識の作用だったと思う。大抵の生徒が知らぬ間に魔法にかけられていた。

休み時間は十五分。次の授業が美術室なのでクラスメートはほとんどすでに移動してしまって、教室には日直しか残っていなかった。僕と、それから伊東《イトウ》という吹奏楽部の女子だった。色白で背が高くて、黒い短い髪をいつもピンで額の上に留めていた。ヒマワリみたいに陰のない明るい感じの性格だった。狭霧は学年ではかなり活発な方の女子グループに属していたけど、伊東もそのグループの一員だった。

僕らは教室に残って黒板をきれいにしていた。例によってジャージ姿だ。前の授業を担当した数学の先生には厄介な癖があって、数式の説明をする時にチョークの先を何度も執拗にといってもいいくらい黒板に叩きつけるのだ。そのせいで黒板に点々とチョークの塊がこびりついていて、ラーフル（黒板消し）を一回擦っただけだと流星みたいに尾を引くから、何度も擦ってやらないといけなかった。ラーフルのことが可哀そうになってくるくらいだった。桟に落ちた粉を真ん中の穴に集めたあと、伊東はラーフルをクリーナーに掛け、僕は濡れ雑巾で桟を拭いた。雑巾は汚れるので水道できちんと洗って配膳台の梁に干しておかなければいけない。伊東の仕事も結局手を洗わなければならないのだけれど、寒い時期はどちらかというと僕の仕事の方が苦役だった。僕らは冷えた手で教室の明かりを消して教科書と絵具セットを手に廊下に出た。

「ミシロさ、狭霧の家に行ったんだよね？」伊東は僕の少し前に出て半分振り返り、気持ち程度に目を合わせて訊いた。彼女は黒いフリップ式の珍しい道具鞄を肩に掛け、教科書と筆箱を小脇に抱えていた。

「うん。先週の金曜日でしょ？」僕は絵画道具のための入れ物を持たない主義だったのでパレットと絵具と水入れを教科書と一緒くたに抱えていた。

「ミシロは狭霧と家が近いの？」

「近いよ。駅は隣だけど、金曜は届け物をしたあとにそのまま歩いて帰ったくらいだから」

「へぇ、小学校は？　もしかして幼馴染なの」

「小学校は一緒だけど、でも、幼馴染ってほどじゃないよ。四年の時に柴谷が越してきてからだから」

「へえ、そうなんだ」伊東はチェシャ猫みたいににやにやした。僕が顔を見上げると表情をニュートラルに戻して向こうに目を向けた。「家にいる時の様子はどうだった？　変じゃなかった？」

「柴谷が？」

「うん。ミシロのこと歓迎してた？　淵田《フチダ》とのことがあってからなんだか変なの。学校で会っても自分から挨拶してくれないの。もちろん私から『よっ』てやれば返事してくれるけど、あんまり積極的じゃないの。それはなんだか私に対して、相手に対して、信用の疑いがあるような感じなのよ。本当に自分を友達だと思っているのか、みたいな。人間関係の橋をしっかり踏んで確認し直しているみたいなの。点検中は通行止めなのよ」

　僕らは少しの間黙って歩いた。お互いが柴谷狭霧について考えていた。

「淵田とのこと？」と僕は訊いた。

「そう、関係こじらせて。――あれ、知らないの？」伊東は驚いた。「二人、付き合ってたんだけど」

「知らない」僕は首を振った。「……てた？」

「そ。一、二ヶ月かなあ。淵田から狭霧に。彼女はＯＫして、でもすぐに嚙み合わなくなっちゃったんだな。絶対淵田が悪いんだけど、でもなあ、狭霧も少し変だったかな。悪い別れ方だったから、お互い今でも目を合わせないのよ。廊下なんかですれ違うと、一緒に歩いてる私までぴりぴりしちゃうのよね。そう……、狭霧には家のこともあるし、先生が心配して私にも話を聞くくらいだから、そういう関係のミシロなら知ってると思ったけど」

　僕は茫然としていた。僕はそういったゴシップには疎いのだ。誰と誰が付き合っているとか、そんな話題にはあえて首を突っ込まないことにしていた。

けれど心当たりならあった。一時期、狭霧は校門の外に一人で立って誰かを待っていた。冬だった。もうすっかり空が暗くなっているのに彼女はマフラーに鼻までうずめて時々交差させた脚の前後を入れ替えながらコートのポケットの中で使い捨てカイロをしゃかしゃか振っていた。

僕は手を振って挨拶して「誰か待ってるの？」と訊いた。

狭霧は「うん」と肯いた。でもそれだけで何も説明的なことは言ってくれなかった。面倒臭がられているのかもしれないと感じたので深入りはしなかった。僕も少し歩幅を小さくするだけで、立ち止まりもしなかった。一往復だけの短い会話だった。僕はそれから何度か同じような彼女の姿を見かけて、その度「じゃあね」とお別れの挨拶だけを互いに交わし続けていた。

僕が思い出しているうちに教科書の上でパレットがだんだん奥の方へ滑り出していた。慌てて抱え直したのだけど、その時教科書の見開きに挟んでおいたプリント類がすっぽ抜けて床の上に全部ぶちまけてしまった。僕は機転の利かない人間だから、動転した勢いでとんだヘマをやってしまうことが少なからずあった。幸い渡り廊下を過ぎた開けた空間だったので通行妨害にはならなかったけれど、生徒たちは下級生も上級生もみんな迷惑そうに脇に避けて通っていった。大勢の人間が僕に注目しているという状況がことさら焦燥を煽った。

　伊東は拾うのを手伝ってくれた。スケッチの類もいくつかあって、彼女は「わぁ、上手だね」とか気の紛れることを言ってくれた。こんな話のあとでなければ照れていただろうけど、どうも素直に喜べなかった。

「柴谷と淵田って、どういう事情なんだ」再び歩き始めつつ僕は訊いた。訊きづらかったけれど、訊かなければ気が収まらなかった。

「本人に訊いたら？」伊東は素っ気なく答えた。

「そこまでしたくないよ。そんなこと訊いたら柴谷が困るじゃないか」

「私はね、ミシロが知ってると思って言っちゃったの。それは謝るよ。だけどあなたが知らないことを知ってたらちゃんと隠してたよ」

　休み時間の美術室では生徒たちがまだ思い思いのことをしていた。スケッチブックを取ってきて見せ合ったり、乾燥棚へ行って他クラスの知り合いの作品をコケにしたり、机の天板を起こして文房具とビー玉でピンボールをしているのもいた。狭霧は入口正面奥の窓際のストーブの辺りで他の友達と話をしていて、伊東が遅れて加わった時に僕の方にもついでに顔を向けた。伊東から話を聞いたのか、少しばかり特別な感情を秘めた表情だったたかもしれない。僕らは目を合わせたけれど、その短い一瞬の間に僕は上手く微笑むことができなかった。

取り残された飛行機

中学校に徒歩だけで通っているという生徒は学年に一人か二人、自転車だけというのも十人くらいしかいなかった。生徒の九割はバスと電車を使っていた。学校は駅から数キロ離れていて、朝の始業前、昼の授業終わり、夕方の最終下校と一日に三回は構内のバス停にアリの群れのようなブレザー姿が連なった。狭霧は朝は一番混んでいる時間帯に教室に来て、部活のある日は最終下校まで粘って部活の同輩やクラスメートと連んでバスを待っていた。湘南台から相模大野まで彼女たちと一緒に電車に揺られ、乗り換えのあとは大概一人になった。部活が休みの日はどうしていたのか知らない。友達を見つけて帰るか遊びに行くか。それとも彼女は本が好きだから、図書室で本を探してラッシュアワーを過ぎてから一人で帰るということもあったかもしれない。いずれにしても当時の僕には縁のない事情だった。

　蒸し暑い放課後だった。僕は相模大野から上りの鈍行に乗って東側の扉の横に背中をつけて目を閉じていた。イヤホンからビョークの「ハイパーバラッド」が聞こえた。オーロラのような凍えた幻想的な声。天井の空調から乾いた冷たい風が吹き出していた。

　電車が木や建物の陰を抜けて日向に出た。僕は車内に差し込んだ光に反応して目を開けた。架線柱の影が鼓動のように定間隔に床の上を走っていた。向かいのドアのところに白い脚が見えた。見慣れた制服だった。両足のスニーカーの間にエナメルバッグを置いてその上にプール道具の巾着を乗せ、胸の前で文庫本を開いていた。ページが眩しいらしく目を細めていた。表紙が強い光の下で陰になっていて題名は読めない。彼女は左手で本を支え、右手は頬の横や耳の後ろで頻《しき》りに髪に手櫛を通したり撫でつけたりしていた。彼女の髪は普段からしたら信じられないくらいぼさぼさに広がって色も少し赤っぽく見えた。彼女はとても熱心に、そして静かに本を読んでいて、僕が見ていることにはまだ気づいていなかった。そうしてしばらくの間車両の通路を挟んで向かい合ったまま、一人は本を読み、一人は窓の外を眺めていた。

　ふと彼女——狭霧が顔を上げ、僕の視線に気づいて人当たりのいい表情をつくった。僕はイヤホンを外して狭霧が何か言わないか少し待った。けれど彼女の方も僕が声をかけるのを待っているようだった。

「こっちに来たら？　読みにくそうだけど」僕は訊いた。日の当たる側にいるから読みにくいのだ。

「いいの？」狭霧はとても慎重に訊き返した。

「いいよ」

僕が答えると狭霧は本に栞《しおり》を挟み、こっちの扉の横まで荷物を全部持ってきて元通りの配置を再現した。足の間にエナメルバッグがあり、その上にプール道具の巾着が乗っていた。

「ああ、やだなぁ」狭霧は前髪を摑んで下に引っ張りながら小声で言った。「私ったらすっごく酷い髪の毛してるでしょ。まるでアメリカ人みたい。いつもはこんなんじゃないの。もっと纏まってるんだけど」

「うん」僕は少し笑った。

狭霧は僕の反応を確認して電車の前方に少し目を向けた。食事中の草食動物が時々草丈の上に顔を上げる時のあの感じだった。それから何か言った。でもそれが控えめで低い声だったので、周りの騒音に掻き消されて僕の耳には十分な音量が届かなかった。

僕は「何？」と訊き返した。すると彼女は僕の方に半歩だけ肩を近づけて、頭を少しこちらに倒してまた低い声で言った。

「リンス・イン・プールだったらみんなもっと真面目にやるんじゃないかな、って」

「それはそれで肌が窒息しそうだけど」僕も頭を傾けて小声で答えた。周りから見たら仲がいいというよりは作戦直前の打ち合わせみたいに見えたかもしれない。

「塩素よりマシだって」

「柴谷は泳ぎも上手いよ。速いし綺麗だし、すごく気持ちよさそうに泳ぐじゃないか」

「泳いでる間だけだよ。陸に上がったらろくなことないもん。どうしてちゃんとしたシャワー室がないかな。あんな水道管剝き出しの冷たい消毒水シャワーじゃなくてさ、個室でお湯が出て、石鹼もあって、せめて銭湯くらいの設備」

「あったとしても休み時間が足りない」

狭霧は何度か頷いた。「人間はやっぱり陸の生き物なんだな。水に入る時は少し冷たい思いをして適応することもできるけど、戻ってくる時は着替えも面倒だし、結局汗もかくし、割と疲れるし、本調子に直るまで時間がかかるもん。なんというか、プールのあとの授業って不思議な感じがしない？　暗い水槽の中に居るみたいな」

「暗い水槽？」

「うん。水族館にあるような水槽。展示室が暗くて、水槽は円筒形で、その中にクラゲなんかが浮かんでいて、それを七色のＬＥＤで照らしているの。クラゲは水流に身を任せてひらひら揺れながら浮かんでいるの。いつもより教室が静かで――居眠りが多いのかな、それで、先生の声がぼんやり聞こえて、さざ波の音が頭の中に残っていて、そのせいで考えがスローになっている」

僕は狭霧の言葉をイメージした。青い海水が一杯に満ちた教室の中をファンシーなクラゲたちがゆっくりと漂っていた。「それはとてもよくわかる気がするよ」

狭霧はその言葉が本物かどうか確かめるみたいに、時々目を逸らしながら僕の表情を窺っていた。

僕はビョークを止め、イヤホンを指で巻いて結んだ。

「私、これを読んでるの。『人間の土地』。サン＝テグジュペリ」狭霧は本を僕に見せた。宮崎駿の描いたブレゲ14が表紙だった。

「星の王子様の」

「そう。これはもっとあらゆる世界についての言及だけど」

「どんな本？」

「そうだな……」と狭霧は手にした本に目を落としてちょっと考えた。

電車はその間もがたがたとレールの継ぎ目を越えていった。床下でモーターが唸っていた。

「サン＝テグジュペリ本人の視点で書いているの。彼は航空草創時代のパイロットで、新しい航路の開拓のためにアフリカやアンデス山脈や未開の地に飛び込んでいく。文字通り飛行機で飛び込んでいく。でも、のろのろ、ふらふらと。当時の飛行機はどれも貧弱で非力で、発動機は気難しくて、風に負けて岩肌に激突したり、プロペラが回らなくなって砂漠のど真ん中に不時着したり、それがしょっちゅう。彼はその行く先々で目にしたものから得たインスピレーションをここに記述している。ありていに言えばエッセーの短編集」

「いま読んでるのは？」

「バークの話。時々読みたくなるの。バークは奴隷なの。でももともとはモハメッドという名前の羊飼いだった。だから奴隷の使役から解放される時、バークと呼ばれることに反発する。私はバークではなくモハメッドだ、自由の身なんだって。でも彼はそれから不安な夜を過ごさなければならなくなるの。なぜならバークであった自覚とモハメッドである自覚との間にしっかりとした繋がりを確認できずにいたから」

「もうかなり何度も読んだみたいだ」

「できるだけゆっくりね。話を憶えてしまうとつまらなくなりそうだから」

「適度に忘れた方が面白い」

「そうなの」と狭霧は頷いた。

話が途切れた。僕はその沈黙の間『戦う操縦士』の表紙を思い出していた。澪がよく読んでいた本だ。サン＝テグジュペリと言われて狭霧には『星の王子さま』を挙げたけど、僕の中ではむしろ『戦う操縦士』の著者というイメージの方が強かった。

「ねえ、私の家にも一つ模型があったよね」狭霧が訊いた。

「ウェストランド・ワイバーン」僕は答えた。

「っていうの？」

「うん。ウェストランドっていうメーカーが開発したワイバーンって名前の飛行機。ところで航路開拓時代って一九二〇年代？」

「そうだね。八十年、九十年前」

「ワイバーンは確か一九五〇年くらいの飛行機だから、その本の時代より二、三十年新しい」

「どんな飛行機なの？」

「どんな？」

「うん」

「そうだな……、プロペラがついてるけど、あれはレシプロじゃないんだ。つまり、それまで主流だったガソリンエンジンじゃない。ターボプロップといって、ジェットエンジンでプロペラを回すの。戦闘機でターボプロップというのは本当に珍しいんだ。イギリス海軍が戦後に発注してほんの短い間だけ空母の上で使われて、すぐにプロペラの付いていないジェット機に取って代わられてしまった。だから一言で言うと時代に取り残された飛行機なんだよ」

「時代に取り残された」狭霧はぼんやり口を開けて神妙な調子で繰り返した。

「ジェットエンジンはレシプロよりずっとレスポンスが悪いから本当は戦闘機には向かないんだ。レシプロなら送り込む燃料を増やしてその分強い爆発でピストンを押し込めばシャフトはすぐに回転を速める。ジェットエンジンでも爆発が強くなるのは同じだけど、それをタービンで拾うまでにラグが出るんだ。機械継手と流体継手の違いみたいなものだね。それでもだんだん素早くなってきてるし、もともとレシプロよりパワーがずっと強いから、大した欠点ではないって思われてるようだけど」

そこで僕は喋るのを中断した。次に何を話題にしようか迷ったというか、何のために喋り始めたのかを見失っているような気がした。

「あ、饒舌になったね」と狭霧。

「ごめん、機械の話はわからないよね」

「わからなくないよ。いいよ、続けて」

狭霧は窓に顔を向けたまま斜めに僕を見据えていた。黒くて虹彩の判然としない瞳。その曲面に窓の形をした光が映っていた。

「……というより、わからなくなくもないけど、ちゃんと聴いてるよ。レシプロにはピストンがあって、ジェットにはタービンがあって、その逆ではないんだね？」

「うん……」

僕は少し呆気に取られていた。こういうマニアックな話を持ち出すと、詳しいのを褒められるとか、ちょっと畏《かしこ》まられるというのはよくある反応だけど、続けてほしいというのはなかった。それでいて狭霧は決して僕の話に興味津々なわけではないのだ。狭霧が関心を向けているのは話の内容よりもむしろ喋っている僕の姿だ。そう解釈するのが正しい気がした。どちらかといえば嬉しかった。

でもあとになって考えてみれば「ちゃんと聴いている」というのは狭霧にとってはもっと意味のある言葉だったのかもしれない。必ずしも狭霧はそれを僕に与えたいわけではなかった。本当は自分がそれを誰かから与えてもらいたかったのだ。その気持ちがわかるから僕の話を簡単にあしらうことができなかったのだ。

わからなくなくもないけど、ちゃんと聴いてるよ。

狭霧は相変わらず扉の横の手摺に凭《もた》れて窓の外を眺めていた。景色は光と影だけの輪郭になって彼女の目の中を流れていた。三つ駅を過ぎたあと、彼女が先に電車を降りた。

「あいつは蛇だ」

何ヶ月か前、少しだけ興味を持ってクラシック音楽の知識を収集したことがあった。自分で開設したウェブページのスタイルシートをいじりまわしながらユーチューブでベートーヴェンのプレイリストを垂れ流していた。演奏者に統一性はなかった。新しい音源もあれば古い音源もあった。そういう時って、初耳の曲はいつ始まっていつ終わったのかわからないくらいすんなり聞き流せるのに、知っている曲がかかるととても唐突で不意を突かれた感じがしないだろうか。僕の場合、不意を突いてきたのはピアノソナタ十七番三楽章、いわゆる「テンペスト」だった。僕の中学では昼休みのあとに掃除の時間があって、放送部が毎日決まってその曲を流していた。片づけしなきゃいけない時にテンペストなんて、選んだ人間はきっと掃除が大嫌いだったのだろう。

中学の学期末のイベントはいくつかあった。終業式、成績表の返却、学級レク、学年集会、そして大掃除。大掃除は授業一コマ四十五分を潰して盛大にやることになっていた。校内のスピーカーというスピーカー全てから「テンペスト」があてどもなく繰り返されるのだ。班ごとの清掃場所の分担を決め、机と椅子の足にこびりついた埃を拭き取って、各自荷物を全て机の上に積む。持ち帰りの計画性のないやつの机の上は山盛りになる。積み終わったら机を廊下に並べる。担任の先生の事務机と配膳台も外に出す。床にワックスをかけるためだ。でも僕の班は理科実験室の担当だった。

実験室はワックスがけしない。六人で通常通りの掃除をやり、先生の要望で実験器具の棚をきれいにした。窓も拭いた。それでも相当な時間が余ってしまって、他の班員は暇だから早く帰ろうと言ったけど、僕は窓の桟の掃除を続けることにした。教室に戻ったところで無駄話をするくらいしかやることがないからだ。掻き出し棒付きのブラシを使って時々水を流し込みながら丁寧にやった。そうしてだんだんサッシが本来の輝きを取り戻していくのが気持ちよかった。

例によって外は雨だった。アスファルトを濡らし、街の地下に向かって浸透していくようなしたたかな雨。桟の高さに上って仕事をしていると、クラスの教室がある向かいの校舎のベランダでラーフルを叩いて煙が出るのや、窓を拭いているジャージ姿や、教室の隅に忘れられていた竹竿や一メートルものさしでチャンバラしている姿が目に入った。中庭に屋根はない。生徒たちは校舎周りの屋根のある狭い空間で動き回っていた。

　実験室の中には男子が何人かいて、別の班の連中もサボりに加わっていた。彼らは角椅子を下ろして実験台の上に座ってお喋りするか、拾ってきたテニスボールを弾ませて遊んでいた。時々僕にも話を振ってきて、その程度の怠慢なら日常茶飯事だったので僕も上機嫌で返事をした。話がしたい人間は話をすればいい。掃除がしたい人間は掃除をすればいい。それだけのことだ。掃除をしている間の僕はレールの上を走る列車で、彼らの言葉はわずかな横風のようなものだった。

　そこに淵田が入ってきた。日本の男子グループには基本的に明確なリーダーというものは存在しないと思うけど、それでも自然と決定権を譲られてしまう人間はいる。まるで預言者みたいに、そいつに任せておけば万事上手くスムーズに進むと誰もが信じている。僕から見る淵田はそういう存在だった。

　彼はしばらく廊下の引き戸の近くで話をしていたが、僕を見つけると歩いてきて一番近い実験台の上に座った。そして角椅子に上履きのままの足を乗せた。

　僕は手を止めて「何？」と愛想よく訊いた。彼とは一年の時だけ同じクラスだった。面識はあった。

「こないだ一人で家に行ったんだろ」淵田は言った。

「先生に頼まれてね」

「何を頼まれた？」

「プリントを渡すことと様子を見てくること。先生は心配していたんだ。一週間も丸々休んだのが、体の調子だけの問題じゃなくて、心の問題も含んでいるんじゃないかって」

「大丈夫だったか？」

「え？」

「会話の一つや二つくらいしただろ。学校にいる時と変わらなかったか。お前の知ってるあいつと」

「特に。感じるものはなかったけど」

「本当か？」

「うん」

淵田は手首に一つ輪ゴムを巻いていて、そいつを外して天井に向かって一度撃ち上げた。輪ゴムは天井に当たって彼の手に落ちた。

「あいつ、変だぜ。忠告しとくよ」

「何が言いたい?」僕は窓を閉めて床に下り、使った雑巾を水道で洗った。シンクに水が跳ねてごろごろ鳴った。

「お前の味方として言ってるんだ」

僕はしばらく淵田の方を見ずに雑巾を洗い続けた。桟に溜まっていた汚れが移って酷く黒ずんでいたので力も手間も余分に必要だった。手が冷たかった。

ようやく淵田の顔を見ると、彼は僕のことをずっと観察していた。少し睨んでいるようでもあった。なんだか滑稽だった。

「笑うなよ」淵田は低い声で言った。「真剣に話そう。昔の狭霧がどんなだったか教えてくれないか。今と全然変わらないのかどうか。同じ小学校だったんだろ」

僕は内心伊東に舌打ちした。小学校のことを最近話した相手は伊東しかいなかったからだ。でもよくよく考えたら二人の仲が悪くなる前に狭霧が自分で言ったのかもしれなかった。

小学校時代の狭霧については伊東と話したあとに思い出そうとしてみたのだけど、まるで廃鉱から掘った岩くれみたいに一片の宝石も含んでいなかった。僕は彼女について何も知らなかった。せいぜい同じ輪の中で話したことがある程度のもので、おそらく二人きりになったことさえなかった。彼女は六年の間にぽつぽつとやってきた大勢の転入生の中の一人に過ぎなかった。

「よく知らないんだ。六年の時何組だったかも憶えてない。何の委員会で、クラスでの役職は何で、テストの点が良いか悪いか、まあ良かったただろうけど、そんなことは憶えていないし訊いてみたこともない。それは僕が彼女のことを意識していなかったからだ。たぶん淵田が知っている以上のことを僕は知らない」

「今は違うってことか」淵田は言った。

「違う?」

「昔のことは意識していなかったから憶えていない。じゃあ今は？　意識してるってことだろう」

「小学校からの唯一の持ち上がりという意味では意識しているだろうね。淵田には同窓生はいない?」

「いないな」

「そう。つまりそれは貴重な関係性なんだよ。入学式で同い年の知り合いを見つけるってことは奇跡みたいなものだ。それでお互いを意識するのは自然なことじゃないかな。確かに古い繋がりであって、この学校で一から作り上げられる関係性とは別種のものかもしれない。でもそれが効果を発動するのはあくまで中学に入ってからだ。それ以前じゃない。

他の諸々の関係と同時にスタートするんだ。その点、優劣はない。家が同じ方角で使う路線が同じで、そうでない人よりは親しみを感じる。親しみがあるだけで話す機会がなければ、相手のことをよく知らないなんて当然のことじゃない？」

「なるほどな」淵田はそう言ってまた輪ゴムを撃ち上げた。

「僕にも訊きたいことがある」僕は言った。手が震えないようにシンクの縁をしっかりと握っていた。

「なんだ？」

「淵田は柴谷と交際していたって聞いたけど、それがなぜ過去形になったかについては本人に訊くようにって言われた」

「あいつが言ったのか？」

「違う。伊東から聞いた。彼女は悪くないよ。僕が知っていると思ってうっかり話しちゃったんだな」

もし伊東が男だったら情報源は伏せてやっただろう。向こうでボールを投げている連中も時々こちらを気にして耳を傾けていた。性別というのはそういうものだ。異性なら、常には近くにいられない代わりに、ある程度は無頓着な身の振り方でやっていける。

「個人的な事情だよ」淵田は言った。

「でも淵田が僕に忠告をする根拠はそこにあるんだろ？　単に個人的な事情と言われても
それじゃわからない」

「わかった。だけどイメージだ。具体的なことは言えない」

「いいよ」

「俺が思うに、蛇のようなやつだよ、あいつは。その蛇は大きくて腹をすかせている。獲物をおびき寄せて全身を巻き付けて締め上げる。しかも牙には毒があるから、獲物は身動きが取れないうちに力も入らなくなって、足の先から体中の骨という骨の全部を外されちまう。そうしてぐにゃぐにゃに細長くなった獲物を蛇は呑み込む。餌を獲るってことは生きるためにやることだ。蛇も必死だ。でもあいつの場合、その飢えがある種の呪いによるものであるかのように暗く絶望に満ちているんだよ。俺は獲物の方をやったことがあるんで蛇の近くにいるお前のことをちょっと心配してるんだ。わかるだろ？」

「わかるよ。だけど、蛇のことは心配じゃないの？」

「心配してたさ。もともとそういう関係だったんだ。だからって――」餌になんかなりたくないだろ。そう言おうとしたようだった。でもそれは彼の面子が許さなかった。「なんだ、わかってないじゃないか」淵田はそもそもの話にすり替えた。

「僕はただ彼女の考えをもう少し知ってみたいだけだよ。今まで気づかなかったけど、それはとても美しいもののような気がするんだ」

「あいつには毒があるぞ」

「気をつけるよ」

僕は雑巾を絞ってシンクの縁にかけて実験室を出た。淵田は残った。代わりに中でボールを投げていたうちの一人が走ってきて僕に並んだ。淵田ととりわけ仲が良くて面倒見も成績も優秀なやつだった。

「おまえさ、柴谷とメールするか」彼は訊いた。

「しないけど？」

「淵田は柴谷のメールが怖くて、自分から告白しておきながら自分から振ったんだよ。あんまり山ほど来るもんで気が狂いそうだからって、あいつ一時ずっと携帯の電源落としてたんだ」

「ああ、そうなんだ」

「柴谷のことをものにできなかったからお前に嫉妬してるんだよ。子犬みたいじゃないか」

「なんで僕なんかに嫉妬する？」

「それは、つまり、男女の付き合いが最も近い距離感じゃないってことさ」

「だろうね。柴谷には女友達だってたくさんいる。淵田はそんな大勢に対して嫉妬をしているのか。それは大変だ」

「怒ってんのかよ」彼は苦笑いした。

「別に」

僕は足早に離脱して教室に入った。引き戸を閉めた。思いのほか手に力が入ったようで、戸は勢いよく滑って枠に当たった。縁にゴムのクッションがついていたけど、それでもちょっと大きな音がした。視線を集めてしまった。先生は半笑いで「どうした?」と首を傾げた。

どうしたもこうしたもない。狭霧を傷つけたのは淵田なんだ。僕には淵田に言いたいことがたくさんあった。たくさんあるのに、僕は逃げてきた。問い詰める機会を自分から捨てたのだ。言えなかった。だけど、言ったって何になる? 僕は狭霧じゃない。僕が何か言ったところで狭霧が傷つけられた分を返すことにはならない。無意味だ。だいたい僕が狭霧の敵討ちをする道理がどこにあるというのだろう。

僕の前には山盛りの言葉が置かれていた。それは長くてコシの強いスパゲッティに似ていた。噛まずに飲み込もうとすると喉の蓋が閉まり切らなくなって閊《つか》えているような感じがした。

ネジはきっと上手く切れる

同じ日、学校の日程は午前中で終わりだった。下校時刻は変わらないので各部活が午後一杯好きに使える特別な日だった。屋内部活はいつも通り、雨であいにくの屋外部活は廊下をトレーニングルーム代わりにして活動していた。

人間の活動には数多《あまた》のカテゴリがある。広範な括りがあれば、ごく限定された括りもある。大勢で行う活動もあれば、一人で行う活動もある。具体的な括りがあり、抽象的な括りがある。体を動かすものがあり、じっと待つものがある。仕事ということもあれば、趣味ということもある。数多というしかない。

十代の僕は中でも創造というものに心を捧げていた。まっさらな無の平面から僕の手で何かを生じさせること、それを確かな形に留めることを追い求めていた。実在するもの、実在でなくとも既に誰かが想像したものだけで人間は満足しない。誰だってこの世界を、あるいはその中の小さな一部分を、自分の思い通りにしてみたいと、理想通りの形にしてみたいと思っている。でも多くの場合それは現実の世界の在り方から抜け出して科学的な破綻に至っている。むしろだからこそ途方もない非現実だと割り切った上で幻想するのかもしれない。幻想と創造は人間という種族の特権であり宿命なのだ。

この世界には実在しない個人的な幻想の中だけに閉じ込められているものがたくさんある。そして幻想の産物たちの多くは卵の殻を破ることなく死んでいく。幻想それだけではあまりにふにゃふにゃと軟弱で現実世界の重力のもとで生きていくことはままならない。そんな軟体の幻想にしっかりとした骨格を与えられる人間だけが幻想を現実に変えることができる。幻想を幻想のまま捨て置くことに満足しない人間が時代の閉塞を打破してきた。

幻想の骨格とは何か。それはたぶん合理的な説明に基づく説得力だ。幻想をひけらかしているだけでは誰も、もちろん自分さえ説得することはできない。筋が通っていて合理的な説明ができるから説得力がある。自らもその幻想が幻想ではなく有効な構想だと信じることができる。幻想は構想に変わって初めて現実の人間とリンクする。高みに浮かんでいる雲から高層建築のてっぺんに姿を変える。

幻想を実現する道程は長く険しい。体力が必要だ。その険しさを悟った多くの人間が見上げるのをやめて去っていった。十五の僕はまだその険しさの渦中にあるわけではなかった。けれど骨格のない幻想に甘んじている人間を軽蔑する心は持っていたし、自分のことは軽蔑したくないと思っていた。それは人生の初期における輝かしい希望の一部だった。

　僕は中学三年生の時点で何の部活にも所属していなかった。例えばクラフト部というのがあったけれど、木や革の加工が主で金属加工は活動の範疇ではなかった。だから僕は放課後に個人で金工室を借り切って一人で籠って工作をしていた。機械は自由に使えたし、二年生の技術科で真鍮のペーパーウエイトを作る授業があって、その端材を譲ってもらって材料にすることができた。小遣いで買い足さなければならないものはほとんどなかった。家から持ってきたものだってボロ雑巾くらいしかなかった。工作機械を使う腕を鍛えるのが目的であって、何か完成させたいものがあるというわけではなかったから、特別な材料、特殊な道具は必要なかった。

　その頃の僕はかなり長い時間をかけて旋盤を使ったネジ切りに挑戦していた。金工室にはそこそこ立派な普通旋盤が一基あって、先生もそこそこ熱心に指導してくれた。痩せた職人系の先生だった。しかし先生には先生なりの事情があって、他の部活の顧問もやっていたし、この日は学期末の職員会議があったので、最初に短く安全確認だけすると僕に鍵を預けて出ていってしまった。

　それから僕はまず一時間くらい頑張って切った。でもやっぱり調子が悪かった。わざと規格のわからないネジを拾ってきて、それを見本にして同じものができるように試行錯誤して切るのだ。ピッチが大きすぎたり小さすぎたりするのをノートに書いてギア比をがり計算した。それを何度か繰り返しているうちに額の奥がサハラ砂漠みたいに熱くなってきた。腕が重たい。続けられるか？　いや、どうだろう。このまま続けていたら怪我をするかもしれない。

だめだ。

ゴーグルを外して作業台に投げた。

グリスの付いた手をクレンザーで洗い、角椅子を四つくっつけて膝下の乗らないベッドを作った。ゆっくりと横になり、頭の後ろで手を組んで枕にした。

仰向けになると視界から窓が消えて妙に温かい孤独を感じた。不思議なものだ。何百人という人間が同じ学校にいるのに、僕以外に自主的に金工をやりたいなんて人間は一人もいない。僕だけ。それが寂しくもあり、でもどちらかというといい気分だった。僕は特別だ。

機械の音が消えてからしばらく経って僕の耳は静寂に慣れつつあった。薄い屋根にしとしとと雨の当たる音が聞こえていた。平屋の技術科棟は校舎の職員室の近くから中庭に伸びるコンクリの渡り廊下に面していて、建物の間にはＨ鋼に支えられたトタンの屋根がかかっていた。渡り廊下そのものは中庭を横切って教室区画の方へ続いているけど、技術科棟の先は屋根がなくて雨曝しだし、近道にもならないから誰も通らない。人間の気配というものがまるでしなかった。吹奏楽部の音階の練習や運動部のホイッスルは聞こえた。でもそれは僕にとって演劇の舞台背景のように無害だった。僕も彼らもお互いの活動を邪魔しないし、興味も抱かない。

誰かが窓を叩いた。先生だったらノックはしない。僕は起き上がって作業台の天板から少し顔を出して入口の方を窺った。

狭霧だった。目が合うと彼女は顔の横で小さく手を振った。機嫌がいいみたいに見えた。でもその印象も扉の所へ行くまでの間に消え去ってしまった。ガラスのこちら側に向けられた彼女の目は妙に虚ろだった。それはおそらく鏡に映った自分の目を覗き込んでいる時の目と同じだった。外の世界を忘れて自分の内側に深く入り込んでいた。

僕は手に付いた金属の切り屑を払ってから引き戸を開いた。雨の匂いを一杯に含んだ湿った風がどっと吹き込み、金工室の中の比較的乾いた空気と雨の外気が交換されて混じり合った。

狭霧は何度か大きく瞬きして僕を見上げた。渡り廊下より金工室の方が一段高い。

「雨が強くなったね」彼女はろくに口を開かずに低い声で言った。それから渡り廊下の中庭方面に首を向けた。

僕もそっちを見た。

確かに雨は昼前より強まっているようだった。渡り廊下のコンクリートは横殴りに吹き込んだ雨で半分くらいも濡れていた。狭霧のブラウスの肩にもいくつか雨のシミがついていた。ブレザーは着ていない。ブラウスは半袖。灰色のベストとスカート。青いラインの上履き。鞄と傘は足元の壁際に寄せて置いてあった。

「部活は？」と僕。外に出ると校舎で活動する部活の掛け声や楽器の音がよく聞こえた。

「エスケープ」狭霧は僕に顔を向けた。いつの間にかいつもの狭霧に戻っていた。

「寒くない？」

「平気」

「入ったら」

狭霧は肯いて金工室に上がった。

僕は引き戸を閉め、黒板前の教卓を指して「荷物は上に置いて」と言った。教卓といっても造りは生徒用の作業台と同じ、角に万力がついただけの平たいテーブルに過ぎない。今はそこが最も旋盤から遠く、僕の作業の影響が少ない場所だった。

「傘も上ね」

「はい。何か流儀があるの？」狭霧はまた僕の言う通りにしてから訊いた。

「床は散らかってるからね。切り屑が付いたままだと危ないんだよ」僕はベッドに使っていた角椅子の一つを教室の前方に引きずっていって座った。屑を落とすために袖を指先まで伸ばして何度か振った。

「ああ、そういうことか」狭霧は教卓の下から角椅子を出し、座面を水平に見て小さな凶器が付着していないかきちんと確認してから僕の前に置いて座った。「ここ、勝手に使っていいの？」

「勝手じゃない。公認だよ」

「怪我するかも」

「その時はそこの内線で呼び出せって。手当はしてやるけど、事故も治療も自己責任。その辺雑なの。公立だったら生徒だけで機械使わせたりできないからね、きっと」

「ミシロは結構前から放課後ここに来ているよね」

「知ってたの？」

「知ってたよ」

狭霧は体を捻《ひね》って鞄をがさがさ漁った。携帯電話を取り出してちょっと開いてすぐに閉じた。時刻を確認したみたいだ。茶色っぽい黒の二つ折りで、おそらくW４３Sだった。液晶の背面にタイル模様があり、彼女がそのまま手の中に包んでいるので時々きらきらと光を反射した。

「邪魔したかな」狭霧は申し訳なさそうに訊いた。

「してない。寝てたの見たでしょ」と僕。

「ごめんね、捗《はかど》らないよね」

「柴谷のせいじゃないよ」

「淵田のこととかさ、気にしてるかなと思って」

「じゃあ、その話？」僕は努めて表情を変えずに言った。狭霧を怖がらせたくなかった。

「そう、その話」狭霧は目を少し伏せて、携帯電話を手の中で縦横に回転させた。ダンスのステップみたいに動きの速い時と遅い時があった。「いつか話すよ」

いつか……と思ったけど僕は黙って頷いた。

「ね、何作ってたの？」狭霧は改めて訊いた。

「ネジだよ」

「ネジ。なんだっけ、えっと、サイコロじゃなくてさ……」

「タップとダイス？」僕は旋盤に一番近い作業台まで行ってその道具を取り上げて見せた。

「タップにダイスを嵌めてネジを切る」

「そうそう、それそれ。タップとダイス。去年使ったやつだ」

狭霧は床の切り屑を踏まないように爪先で歩いてきてタップを僕から受け取った。柄の両側を持って上下に揺すって重さを確かめた。狭霧が切り屑を避けて踏み込んできたから、じゃんけんで負けたチームが足場の新聞紙を折り畳んでどんどん小さくしていくゲームがあるけど、ほとんどあんな状況になった。とても近い。彼女の髪の匂いが感じられるくらいだった。

僕は一歩退いて彼女の指や爪の形を少しの間眺めた。

「確かに楽だけど、これで一種類の径とピッチのネジしか切れないから、規格に合わないのを作る時は旋盤の方がずっといいんだよ」

「旋盤って？」と狭霧は顔を上げる。

「このでかい機械」

「え、ネジは？」

僕は自分で切った失敗ネジを一つ取って狭霧に見せ、それを旋盤のチャックに当て、こうやって削るのだと簡単に説明した。狭霧にはネジの大きさと旋盤の大きさが不釣り合いに思われたようで、そのことをちょっと馬鹿にした。

「ネジ一つにこんな大きな機械が必要なんだ」

「他にも色々作れるんだよ。僕はネジ切り職人になりたいんじゃなくて、旋盤に慣れておきたいんだ。他の工作機械も、使えればあとあと何かと便利だからさ」僕は反論した。

もう作業に戻る気持ちはなかった。掃除ロッカーから箒とちりとりを出して、まず作業台や旋盤の上に残っている切り屑を床に払い落とした。

「もうやめちゃうの？」

「今日はもともと調子が悪いんだ。雨の日はだめなんだよ」

「じゃあ、梅雨はいやだね。機械が悪くなるの？」

「機械は……どうかな。ただ、人間の体が悪いんだよ。それは確かだ。やっぱり晴耕雨読なんだ。現代人でも、農民じゃなくても、屋根があっても。晴れの日に作って、雨の日は知識を読むようにする。雨の日に無理して作れないわけでもないけど、人間の体はちゃんと晴れの日と雨の日を判別していると思う。目を瞑っても耳を塞いでもわかっちゃうんだ。関節痛みたいにさ」

狭霧はもう一本箒を出して逆さに立て、ヒンジのネジを締めて、そこでじっと手を止めた。

「ねえ、やっぱり見せてよ」と彼女。

「ネジ切り？」僕も手を止めた。

「うん。一度だけでいいから」

「きっと上手くいかない」

「いや、上等なのができるよ」狭霧は僕の方へまっすぐ顔を向けて断言した。

「わかるんだ」

「まあね」

「じゃあ、ゴーグル。演台の引き出しにあるから」僕は演台を指して言った。

狭霧は授業用のボリカーボ製のゴーグルを取ってきて頭に被った。しっかりと目の周りに当てて「いいよ」と合図。僕の準備はできていた。

最後に試したギアを組んで、チャックに真鍮の棒を嚙ませた。旋盤を始動。巨大なモーターがうーんと唸りを上げて回り始めた。刃の位置と送りを合わせて外周から切っていった。面取り、終わりの溝、そしてネジ。

狭霧は角椅子に膝立ちして僕のすぐ横でできるだけ近くで見ようと首を伸ばしていた。そのゴーグルの表面に切り屑のちろちろと反射する光がうっすら映っていた。

順調だった。長い切り屑がきらきら光りながら散った。サメの歯の形をした刃が真鍮を螺旋に削っていった。

シーケンスの終わったネジを外して、流水にあてながらナイロンブラシで切り屑を落とした。いい出来栄えだった。狭霧の予言通りだった。

「貸して」と狭霧。ゴーグルを額にずらして押さえてから、僕が渡したネジを蛍光灯に翳《かざ》した。宝石でも眺めているような様子だった。「貰ってもいい？」

「いいけど、使い道があるの？」

「さあ」狭霧はネジをスカートの裾で拭いて、少し迷ってから筆箱に入れた。

ゴーグルを仕舞って掃除を再開した。箒を取り、僕は機械の周りを重点的に、狭霧は教室全体をささっと掃いて回った。僕がちりとりに持ち替えて狭霧がそこにごみを掃き入れた。少しずつ下がって、取り残しがないように。僕らは基本に忠実に掃除をした。

蛇は絡み、毒牙を突き立てる

「これからどうするの？」狭霧は箒をロッカーに仕舞って訊いた。

「帰るよ」僕はちりとりをごみ箱の上で叩きながら答えた。

「あ、私も帰る」

「部活、いいの？」

「行けって？」

僕は首を振った。狭霧はロッカーを開けていて、僕は空になったちりとりを彼女に渡した。彼女はそれを扉の裏のラックに突っ込んで扉を閉めた。不良が蹴飛ばしたせいで全体が歪んでいて、取っ手のところを少し強めに押し込まないと、というか殴らないと完全には閉まらなかった。

「もう手遅れなんだ。練習試合でさ、出ちゃってるから。学校にいないの」と狭霧。

「それなら仕方ないか。——手、洗った方がいいよ」

廊下やトイレの水道の蛇口には石鹸を入れておくネットが付いているのだけど、技術科棟の水道にはそれがなくて、石鹸は裸のまま水切り穴のついた器に乗せられていた。蛇口はいくつかあるのに器は一つだけで、小さく摩り減った石鹸や、割れたのや、時々石鹸ではなくて束子《たわし》が乗っていることもあった。この日は幸いしっかりした新しい石鹸が王様のように鎮座していた。僕はそれを手の中で泡立てたあと狭霧の手の中に落として、彼女はちゃんと器に戻した。

ハンカチで手を拭いてハンドクリームを貰った。彼女は僕の差し出した手の甲に一センチ半くらい絞った。葡萄と木苺と、何だろう、とにかく果物系の甘い匂いがした。

僕が計算のために出していた文房具を筆箱に引っ込める間、狭霧は作業台の角の席に座って僕の計算ノートを覗いていた。機械油で所々黒くなっているので、そこを触らないように爪で角を摑んで不器用にページを捲った。

「ネジ作るのも大変なんだね」

「そうでしょ。着替えるから――」僕は鞄から制服を出して広げようとしていたのだけど、狭霧の次の言葉に阻まれた。僕の言葉と行動、両方が阻まれた。

「ミシロはどうしてここに来るの？」

「機械に慣れるためだよ」

「その先に」

「先？」

「将来の夢とかさ」

「ああ」

「ない？」

「具体的に自分がどうなりたいかって思ったことはない。でも、自分で何か作りたいんだ。一から百まで全部自分でさ」僕は一度持ち上げてしまった制服を膝の上に置いて作業台の縁に腰を預けた。左手をちょっと持ち上げれば頭を撫でられそうなところに狭霧が座っていた。「自分が何をつくれるか。人と違うものをつくれるか。人間の個性はそういった創造にあるのだと思う」

「吾何をか為さん？」

「もし僕がいなければ、そのネジはこの世になかったわけで。ネジくらいなら他のネジでも代えが利くけど、そうじゃないものを作り出せればいいだろうね」

「代えが利かないものを？」

「そう」

「……それって、何にとって代えが利かないものなんだろうか」狭霧は学者みたいに訊いた。

　僕は少し考え込まなければならなかった。「たとえば、世界、だろうか。大勢の人や物の集まりとしての」

「それは世界全体でなければいけないのか、それとも、世界に含まれるものの一部でもいいのか」

「一部でもいいだろうと思う。一人のためのものがのちのち世界全体にとって不可欠になることもある」

「私にとって代えが利かなければ、それでもいいの？」

「うん。そういうことになる」

「でも、自分の価値を決めてくれる人や世界が不確定なものだったら、それにとってどんなに代え難いものも『絶対』にはなれない」

「個性を確かめるには足りない？」僕は訊いた。

「そう」

「だけど、それを言い始めたら、世界にも、人間の感覚にも、何も確かなものはないってことにしかならない」

「だって、自分の中だけで満足できずにどこか別のところに存在の根拠を求めようとすれば、結局そうなるんだ。何が確かなのかを問い続けていく……」

狭霧は言い淀み、少しだけ首をこちらに向けて目の端で僕の顔を窺った。彼女の中で何か底知れないものが開きかけていた。でもそこで急に勢いを失ってしまった。

「でも今ミシロは創造に自分を求めている」

「うん」

「それを仕事にしたいの？」

「そうだよ」

「いいね。私なんか不安で仕方がないんだ。世の中は納得のいかないことだらけで、大人の自分がどんな自分になっているかなんてろくに想像もできないしさ」

「そう、でも、そう思える方が大人だと思うな。好きなことばっかやってさ、それじゃあ駄目なんだよ、きっと。これじゃあ生きていけないって、そのうち痛感すると思うんだ」

「それでも、ミシロはさ、それをわかってて自分の好きなことを続けられるんだ」

狭霧は僕に背を向けていて表情は窺えなかった。少し首を俯けて、半分眠っているみたいに思えた。

「私は、どうかな。仕事に限ったって、好きか嫌いかより得手不得手で、英語は得意だから。これからネイティブの色々も知ることになるし、翻訳なんて無難だって思う。でも門は狭いのかな。こっちにはそういうの専門にやる大学もあるみたいだしさ」

「その方がよほど現実的だよ。それに、僕にしたって、いつもいつもじゃない。特に今日みたいな日は」

「立ち止まってみたくもなる？」

「立ち止まらずにはいられないんだ。上で止まった観覧車みたいに、不安定で、心許ない」

狭霧は少し俯いたまま、それから一息か二息の間何も言わなかった。

「現実なんて、どこにあるのかな」狭霧は呟いた。

現実なんてどこにあるのか。

それはつまり、世界が僕のようなまだ存在を確立していない何かの寄せ集めであるなら、この現実そのものもまた揺らいでいるのではないか、という意味だったのだろう。

その言葉は井戸に投げ込まれた音叉《おんさ》のように僕の中でとても長く震えていた。

狭霧は僕の左手を取ってその手の甲を自分の頬に寄せた。目は瞑っていた。僕の手に狭霧の手の熱が伝わった。指先に柔らかい髪の感触があった。でも僕がそれを感じられたのはほとんど彼女が僕の手を離してからだった。事態を把握した時には彼女は教壇の向こうにまっすぐ立っていた。鞄の肩紐に腕を通し、傘を持っていた。

「ごめん、ねぇ、もし少しでも嫌だったならそう言ってね。本当のことを言って。もうすぐ私はいなくなるんだから、これからお互いのことがどうなるか、周りの目がどうとか、なんてことは気にしないでいいよ。好きなように振舞って。もし少しでも嫌なら、私は一人で帰るよ。今日は、ミシロが私のことで迷惑していると思ったから、謝っておきたかったんだ」彼女はそう言って傘を両手で取り上げた。

結局その時何をするのが最善の選択だったのか、僕はいまだに判断をつけることができずにいる。わかるのは、彼女には彼女の存在を全面的に受け入れ、肯定してくれる何かが必要だったということ、つまり、彼女の全身をしっかりと抱きしめて、君はこの世界にいなくちゃならない存在なんだと言ってくれる天使が必要だったということ、それだけだ。その天使にとっては彼女のどんな言動も予想外ではないし、彼女が何をしても天使は『君がそんなことをする人間だと思わなかった』などとは決して微塵も思わない。つまり天使の抱くイメージは本質的な彼女と全く一致している。そういう何か、自己存在を確定して現実世界に結びつけてやる何かを彼女は必要としていた。

雨は降り続き金工室の屋根にばたばたと打ちつけていた。トンネルの反響のようなサラウンドが途切れることなく大気を震わせていた。

とにかく軽率な返答だけはできない。それはわかっていた。困惑が顔に出るのもだめだ。僕はただ傷つけたくない一心だった。相手が逃げようとしている時は追っても無駄なのだ。どんな生き物だって、本来的に触れ合いを許す相手には、そういうものだろう。立っているよりは座っている方が追う気がないという意思は明瞭だ。だから僕はくっつけておいた椅子を跨いで膝の間に手を揃えて突いた。ゆっくりとそうした。

「嫌じゃない」僕は言った。

「それはきっと嘘か過信だよ」狭霧は傘を置いて僕の二つ先の椅子まで戻ってきた。膝を揃えて横向きに腰を下ろした。

「もしそうなら、過信の方がいい」

「私は傷つけるよ」

狭霧は体温の感じられる間合いまで顔を近づけた。

「どうだろう」と僕。

淵田の言っていた蛇のイメージが現実に重なった。白く滑らかな腕が腕や脇腹を這う。絡みつく。相手の体をしっかりと締め上げながら、襟を越えて首筋に触れる。そして咬む。牙が——実際には爪が——肌に食い込む。破ろうとする。

最初におそろしい痛みがあった。肉を千切られるような痛みがあった。ようやく慣れると皮膚の内部に爪の刺さっている感覚がひたすら続いた。狭霧はまるで崖の上から転がり落ちながら無我夢中で摑んだ手掛かりが本当に頑丈なものかどうか確かめているようだった。彼女の背後には浩々たる深淵が広がっていた。

僕は圧倒されて少しのけぞった姿勢のまま固まっていた。手も微妙な高さに持ち上がって宙に浮いたままになっていて、それに気づくだけでも随分時間がかかってしまった。恐る恐る彼女の肩に触れ、そして軽くさすった。同い歳の人間はこういう温かさのするものなのだ。初めて知った。狭霧の髪は少し濡れていた。

人間の心の揺らぎは、ぞっとするような孤独や絶望は、夏の夕立のように前兆もなく、僕たちのあらゆる働きかけも虚しく、分厚い雲とともに現れて地上を暗く濡らしていく。

やがて雨は過ぎ、夜に向かうやわらかな彩色の空の下で僕たちはある種の痺れのような不思議な感覚に包まれて息をしていた。そして僕はふと雨の匂いを感じた。雨樋を打つ雨垂れの音が聞こえてきた。ただそこにある環境を感じることさえ僕は忘れていたのだ。

狭霧は手の力を抜いて僕の背中に回し、傷を舐めてその上に顎を乗せた。呼吸に合わせて彼女の胸が広がったり狭まったりしているのが感じられた。

「淵田は柴谷のメールを拒んだ」僕は訊いてしまった。でもそれはとても自然なことのような気がした。ふっと言葉が浮かび、浮かんだことに気づく前に口が動いていた。

「知りたいんだ」僕は僕自身の意志を確認するように続けた。

狭霧はほんの少し首を傾けた。お互いの耳と耳が当たった。

彼女はゆっくり時間をかけてから話し始めた。それはおそらく彼女が「いつか話すよ」と断ったはずの話だった。

「読んでいて返さなかったのかもしれない。受け取ったけど読まなかったのかもしれない。着信拒否か、アドレスを変えたのかもしれない」狭霧はまるで童話を語って聞かせるみたいなとてもやわらかい声で言った。「何を送っても返信がこないの。私はまるで果てのない暗闇に向かって言葉を投げ続けているみたいだった。手に石を持って遠くへ投げる。石は途中で闇の中にふっと消えていく。そろそろ落ちる頃かな、と思う。でも音はしない。

私の足元の床は固くて、靴底くらい薄く水が張っていて、爪先で突くとぱしゃんと音が鳴って波紋が広がる。足元に石を落とすと床に当たるカタンという音がする。ちゃんと反応がある。でも遠くへ投げると駄目なの。向こうの水が浅ければカタンと音がするだろうし、深くなっていたらバシャンと音がして波紋が広がってくるはず。でも何もない。石は消えてしまう。それはとても怖いことなの。苦しくて、孤独で、だんだん自分が駄目になっていくのがわかる。でも投げるのをやめることはできない。そうしたら自分の手元まで闇に呑まれてしまう。水が深くなってくる。もっと早く駄目になってしまう」

狭霧の言葉の中にある景色は首筋や腕を伝って僕の体の中までつるつると入り込んできた。それは古いトンネルのように冷たく湿った暗闇だった。

「淵田が私に告白したのは、おばあちゃんが死んだ少しあとだった。私は彼が不安定な私を受け止めてくれると思ったの。でも違った。私たちはお互いが求めているものをどちらも与えることができなかった。それだけ。それだけなら、それだけ。でも私の友達の何人かはそのことで淵田を問い詰めようとして、そういうのを見ていると、私は疎外されて、相手の方にだけ世界が広がっているみたいな、そんな感じがした。メールが届かないのは相手が存在しないからじゃなくて、私が存在しないからなのかもしれない。だからみんな私の姿がだんだん見えなくなって、私の声が聞こえなくなっているんだ。そんなふうに」

狭霧の話は最後まで客観的だった。僕は手と腕の位置を少し変えて彼女の肩や背中の感触をもう一度確かめた。

狭霧が淵田に何を求めていたのか、何を話そうとしていたのか、なんとなくわかった気がした。たぶんそれは狭霧が僕に求めたのと同じものだった。狭霧が聞いてほしかったのは、僕に今日話そうとしたこと、そしてこの前狭霧の家で話そうとしたことだった。あるいはもっと単純に、話し相手になるという、ただそれだけのことだったかもしれない。

「……今の私には私が現実に生きているという感覚が薄くなっているのだと思う。私の現実はこの場所やこの体ではないどこか別の座標にあって、この私はいつか現実の私の夢になって消えてなくなってしまうような気がする。本当の私はここにはいない。あなたもまた私にとっての現実ではないのかもしれない。時々、他人の目を通して私を見ることがあるんだ。私を見ている視点が私の意識に差し込まれる。実体のない視点、それが今の現実の私の存在なのだと思う。その視点が比較的長くこの私に取りついているから、私は自分を私と認識している。私と自分の繋がりは傾向に過ぎない、確定したものじゃない。あなたや他の誰かとこの世界を同じレベルで共有しているということが私には信じられない。私だけが誰にも感じられない空洞になって、私を含まない世界がひとりでに続いていく怖れや不安を、私はいつも感じている。ねぇ、私はここに居る？」

狭霧にとって自分という概念は感覚ではきちんと捉えられないものだった。けれど自分という概念を理論で捉えるのはもっと難しいことだった。多くの哲学家が自分というものの解明に挑み、そして一握りの納得と多くの謎を残したまま死んでいった。彼らの朽ちた理論が渦巻く灰色の海の上を狭霧は漂っていた。

ねぇ、私はここに居る？

「わからない」僕は言った。「でも僕にはそう感じられる。それが僕にとっての現実だ」

「ありがとう」狭霧は体を離して僕の肩を持った。「あなたは誰かがここに来ないか不安に思っている。まだ誰も来ないということが私にはわかっているけど、私がそう言ったところであなたの不安は消えない」

僕らは離れた。窓の外には依然として雨が降り続け、屋根に跳ねる雨音が響き、金工室の中は薄暗かった。緊張と閉塞の塹壕から這い出してなお世界は殺伐とした雨の気配に包まれていた。

家には行けない

「どうぞ、着替えて」狭霧は背中を向けてスカートの裾折れを直しながら言った。

僕が着替える間、狭霧は渡り廊下側にある作品置き場の棚を眺めて時間を潰していた。スチールの骨組みだけの棚に一年生が作ったブックエンドや小物入れなどが置かれていた。木工作品は物が大きくて隣の木工室だけでは置き場が足りないからこっちまで溢れているのだ。狭霧は出来の良さそうなターレット付きのリモコンラックを一つ取り上げて手の上でくるくる回していた。

僕が着替え終わった時、狭霧は教卓の前で鞄の中身を確認していた。僕が歩いていくと「通知表が出てきた」とわざとらしく言った。

彼女はまず裏面を見せた。出欠日数の二学期三学期の欄に斜線が引かれ、認定欄の「修了」に校長の認印が捺してあった。僕がそのハンコを見て妙な感傷を覚えていると、狭霧は通知表を上下にくるりと裏返して一瞬だけ中を――つまり教科ごとの成績が書いてある面を——開いて見せた。それから教卓の上にまとめてあった鞄と傘をひったくって金工室の外へ逃げた。

僕は渡り廊下に出た。でも荷物も置いたままだし戸締りもしていない。狭霧はもう校舎の扉のところまで行って顔の横で通知表をひらひらさせていた。僕は「鍵閉めてから」と叫んで金工室に引き返した。

狭霧は足の速い少女だった。僕が一番よく記憶しているのは四月の体力測定だ。トラックに五十メートルのまっすぐなコースを五本か六本引いて、一人三セットずつ記録を取った。狭霧がコースに入った時、いくつか先の組にいた僕は心拍数を戻しながらスタートの方へ向かって歩いているところだった。一番インサイドのコースに彼女が見えた。スタートラインの白線の粉が付かないぎりぎりのところに正確に指を置き、顔を上げて少し睨むくらいの表情でまっすぐゴールを見つめていた。運動部の連中は自前のスポーツウェアを授業で着ていることも多かったけれど、彼女はスタンダードな白のいわゆる体操着で、裾はズボンの中に入れ、靴はナイキのブルーのランニングシューズを履いていたと思う。陸上部のスタート係がオレンジとイエローのフラッグを振って走者は走り出した。狭霧は男子顔負けのいささか凶暴なくらいの素晴らしいフォームだった。僕はスタートから十メートルくらいのところに立っていたけど、彼女が走っていくのを後ろから見ると上体がすごく安定しているのがわかった。あっという間に小さくなって、ゴールを過ぎたところで一緒に走った組の中で最初にコースを逸れた。真後ろに近い角度から見ているとゴールの順位がわかるのはその時だった。一番はやはり一番に横へ抜けてくるのだ。

職員室は会議中で、僕は荷物を置いて後ろのドアからこっそり入り、部屋前方の鍵掛けまで行って戻ってきた。すると技術の先生が会議を抜けてきて廊下で僕を捕まえた。

「せっかくの半ドンなのにもう帰っちゃうのか」

「すみません、でもどうしても調子が出なくて」僕は答えた。苦笑いをこらえたせいで顔がよじれそうだった。

「そうか……、会議が終わったらと思って楽しみにしてたんだが」先生は腰に手を当てた。

「夏休みは来るつもりですから」

「わかったよ、気にするな」

狭霧は職員トイレの入口の陰に隠れて待っていて、職員室のドアを開け閉めする音を頼りに出てきた。職員室前の廊下は両側を部屋に挟まれていて窓がない。そのせいか蛍光灯の光が床や壁にぼんやりと反射して閉館後の水族館みたいだった。床材の歪みが水面の揺らめきに似ているのかもしれない。昇降口前では長い廊下を使って陸上部がダッシュのトレーニングをしていた。シューズのきゅっきゅっという足音や合図の笛の音が規則的に聞こえた。コーチが集合をかけると三十人くらいが一斉に返事をしてぞろぞろと体育館の扉の前に集まっていった。

下駄箱で靴を替え、傘立てから自分の傘を引っこ抜いた。雨は続いていた。小さい無数の雨粒が鰯のように群れをつくり、もっと大きな誰かの腕となって辺り一帯を傲慢な優しさでもって包もうとしているようだった。雨霧のせいで視界は一キロもなかった。

そういえば狭霧は僕のところに傘を持ってきたけど、もしかしたら一度は一人で帰ろうとしたのかもしれない。昇降口から引き返して僕のところへ来たのかもしれない。下校する生徒の流れに逆らって危うい橋脚のように立ちつくしながら逡巡する彼女の姿を僕は少し想像した。

彼女はローファーを履いてガラス戸を抜け、荷物を背負い直して庇の下で傘を広げた。雨の中に繰り出し、五、六段の階段を下がったところで振り向いた。傘の縁から少し楽しそうな唇が覗いた。僕はその一挙一動を注意して捉えていた。

僕も傘を開いた。それぞれの傘の下でバス停に向かった。傘の分だけ互いが離れていたし、雨音も煩《うるさ》かった。僕らはほとんど喋らずに歩いた。バスはぎりぎり二人で並んで座れない程度の微妙な混み具合だった。仕方なく前の方へ行って一人席に狭霧が座った。別に気を遣ったとか譲ったとか、そんなんじゃなかった。ただ狭霧の方が先に入ったので自然とそうなっただけだ。狭霧は僕の傘を取って膝の横に立てかけていた。狭霧の頭は僕の肩より低いところにあって、それもなんだか話をする距離感ではなかった。それに車内に居合わせた全員が話の内容を完璧に理解できるくらいの声量で後ろの席の女子高生たちが盛り上がっていて、その騒音の中で何かを話そうという気にもなれなかった。

十分弱で湘南台の駅に着いた。改札を通ってホームの端で上り電車を待った。下りが二本も行ってから上りが来た。僕らは並んでベンチシートに座った。車内は妙にすっからかんで、シート一本に僕たち二人だけだった。向かいのシートも体の両脇にどっさり紙袋を乗せたおばさんが一人、端の席に座って居眠りしているだけだった。遠くにも一人客しか見えなかった。静かだ。やはり僕も狭霧も特に喋らなかった。荷物を膝の上に乗せて、傘は角に座った狭霧が手摺に二本まとめて掛けていた。石突《いしづき》の下に小さな水溜りができた。空調はどちらかというと車内の湿気を追い出すために作動していた。天井からぶら下がった週刊誌のビラがその風で時折ばさばさとはためいた。

列車は雨の中を走った。外の景色は窓ガラスの曇りや雨靄のせいで一層淀んで見えた。駅で停車して扉が開くと冷たく湿った風が車内に吹き込み、ホームの雨樋にしがみついていた水滴が風に流されて車内の床の上にぼたぼたと落ちた。

狭霧は左手で荷物を抱え、右手は腿の横に置いてシートを撫でていた。あまり擦れない前縁や側面はまだ長くて手触りの良い毛並みのようだ。単に手癖なのか、安心のために触れているのか、あるいはそうやって自分の居場所を確かめていたのかもしれない。

僕らはほとんど話をしなかったけれど、何か話をしなければという気持ちも不思議と起こらなかった。話したいことも特になかった。必要に迫られて黙っているのでもなく、喋りたいことがあるのに気が進まないというのでもなかった。そこにはただ自然な沈黙と静寂があった。一人静かに電車に揺られているのとほとんど変わらない気持ちだった。

「少し付き合ってほしいんだ」相模大野で新宿行きの鈍行に乗り換えたあと、狭霧は訊いた。電車の中は同じくらい空いていていてほとんど無人だった。

「付き合う?」僕は訊いた。

「別に一人でもいいいんだけど、見納めに小学校まで行ってみようかと思って。そっちの駅の方が近いでしょう」

「近いだろうね」

「せっかくだから」

「構わないよ」

狭霧は電車が柿生に近づくとアナウンスに耳を傾けたり扉の窓に目を上げたりしてちょっと落ち着かない様子だった。普段なら彼女が降りる駅だ。今まで二年半、日々繰り返してきたルーチンに抗う無意識が彼女の中で悶えていた。それは電車が速度を落とすに従って大きくなり、扉が開いている間に極大を迎え、電車が再び走り出すと消失に向かっていった。

新百合ヶ丘で降りて、狭霧は改札へ行く前に定期券を精算機に突っこんで精算切符を買った。財布の中で選んだ小銭を一度に全部手の中に持って入れようとしたせいか、十円玉が二枚こぼれて床に落ちた。彼女はすぐに拾おうとせずに転がっていく方向を目で追っていた。それが自分のミスだと認識するのに時間がかかったような感じだった。片方を僕が捕まえると彼女も屈んでもう一枚を拾った。

駅前では雨が止んでいた。けれど曇天はまだ空の蓋になって冷えた空気を地表に押し込めていた。ロータリーを走るバスやタクシーの黒いタイヤが路面の水を細かく舞い上げた。

「喉渇いたな」と狭霧は言った。

「水筒は？」と僕。

「あるけど、何か、炭酸」

僕も狭霧も水筒なら持っていた。でもお茶やスポーツドリンクの気分ではないのだ。言われてみると僕もそんな気分になった。

コンビニの軒先にガチャポンと並んでいる自動販売機で缶のサイダーを買った。僕がその自販機で買い物をしたのはそれが初めてかもしれなかった。普段は帰りに飲み物を買ったりしないから、どこのメーカーの機械なのかさえ意識して見たことはなかったし、電車を降りたところで喉が渇いたと感じることもなかった。でもどうしてだろう、この時はそこでサイダーが飲みたくなり、その自販機には缶のサイダーが入っていた。

狭霧は空になった缶を丸口のゴミ箱に入れ、「こっちの道だったよね」と西を指して訊いた。学校に向かう道を探しているのだ。校外学習で電車を使う時は新百合ヶ丘の駅までぞろぞろ歩くのが通例だったので彼女も憶えているはずだった。

僕が肯くと彼女は早速歩きはじめた。ルコックのエナメルバッグの短く絞った肩紐を襷《たすき》掛けにして、腰と肩紐の間に傘を差していた。荷物はそれでコンパクトにまとまって、雨上がりの通学姿として絶妙に完成されていた。僕はちょっと真似してみたい衝動を覚えたけれど、それは目の前にある完全なものを致命的に穢してしまうような気がした。それは狭霧だけのものでなければならなかった。僕は歩兵銃式に留め紐のあたりを持って柄を脇に抱えていくことにした。

「あれ、こんなに近かったっけ」と狭霧。駅前の通りを西へ行くと突き当たりが小学校の擁壁だった。壁の上が校庭になっているのだ。

「そう？　こんなものだよ」と僕。

「もう少し遠いと思ってたんだけど」

狭霧の感覚はおそらく二年半前の記憶だった。二年半分の体の成長が距離のスケールを縮めてしまったのだろう。僕の方は毎日この道で駅まで通っているので何も違和感はなかった。むしろそう言われてみると、自分が何か大事な変化に気づかずにいるんじゃないかという気がした。

擁壁を左に見て校門に回った。小学校の敷地は緑色の防球ネットで囲まれていた。校庭に人影はなく、池のような大きな水溜りが広がっていた。でも校舎の中には人がいるようで、校歌の伴奏の練習をするピアノの音が微かに聞こえた。音の反響からしておそらく体育館で弾いているのだろう。校門の中に侵入するのはやめておいた方がよさそうだ。

「柴谷は向こうから通ってた?」

「うん」

僕が道の先を指すと狭霧は肯いた。彼女の先導で小田急の線路が見下ろせるフェンスまで歩いた。道はそこで右に折れて下り坂になっていた。左手に道はない。少し手前から跨線歩道橋のスロープが延びているだけだ。

「こっちが私の通学路だった。この坂、行きは上って、帰りは下りて。いい眺めでしょう。橋を渡るより、この坂を上ったり下りたりするのが私は好きだった」

確かに素晴らしい見通しだった。グライダーのためのジャンプ台のようだった。

校門の方から赤帽の軽コンテナが走ってきて僕らの横を通り過ぎた。滑らかに坂を下って最後にブレーキランプを灯し、突き当たりの角を右に曲がった。その角には僕も見たことのある看板が立っていた。

「あそこを右に曲がって、すぐ左に行って線路をくぐって、ぐねぐねっと行くと私の家」

「僕もこの前あそこを通ったよ。そう、それならあれが柴谷の通学路だったんだ」

「うん」狭霧は車が来ないか左右を確認して道路を反対側に渡った。「ミシロの道には何かなかった？」

「何か？」

「面白いもの。眺めのいい場所とか、不気味な場所とか」

「こんなに眺めのいいところはなかったな。ずっと用水路の横を歩いていくんだ。あんまり綺麗な川じゃないけど、たまにカワセミが橋の下をくぐって飛んでくのを見るよ。本当にたまにだけどね。緑か青にきらきらして、小さくて速いからほとんど丸く見える」僕はそう言って指で円を描いた。

僕らはなんとなく校門の前まで戻っていた。

「そういうのって、意外と知らないものなんだ」また校庭の方を眺めながら僕は言った。

「うん」

「柴谷が毎日どんな道を歩いていたかなんて僕は知らなかった。こないだ手紙を届けに行った時もそう思ったよ。まあ、そんなの、向かいか隣に住んでる幼馴染でもなきゃ知りようがないんだろうけど」

「それだけ私たちのテリトリー、領域が離れていたってことでしょ」

「実際遠いよ。結構歩く」

「何分くらい歩くの？」

「柴谷の家から僕の家まで、三十分くらい……だったかな。道が確かじゃなくて、ずんずん歩けたわけじゃないから。自転車なら十五分かからないくらいだったけど」

「ありがとね」

「うん」

「ノート」

「うん」

「ねえ、そういう過去の体験って、自分だけのものなんだね」狭霧はフェンスを見上げたまま言った。「たとえ知っても相手の体験が自分のものになることはない。私がこの道を通ったということも、ミシロが別の、ミシロだけの道を通ったということも、同じように共有できない過去の圧倒的な積み重ねなの。どれだけ親しくてもそれだけは変えられないし、本当に知ることもできない」

「それって、過去の経験が個々の人間を規定するってことなんだろうか」

「私がそこに留まるなら、部分的には」

「でも遠くへ行く」

「だから最後に少しだけでも共有しておきたいんだ。ねえ、せっかくだからミシロの道も見せてよ」狭霧は僕の目を見て言った。「ミシロは私の道を知ってて、でも私はミシロの道を知らなくて、それって少し収まりが悪いよ」

僕はその言葉を待っていた気がした。

「構わないよ」

「今日は家に誰かいるの？」と狭霧。

「うん」僕は答えた。言いにくかった。

「わかった。気にしないで」

「顔見せて行ったっていいのに。うちの母さんも柴谷のことは知っているんだから」

「いいの。気にしないで」

僕は交渉をやめて狭霧を先導して用水の道に向かった。僕の家から小学校まではいくつかのルートがあって、その中で最も短く、集団通学のルートにも使われているのが用水の道だった。それが本当に用水なのかそれとも単なる小川なのか厳密なところは把握していなかったけれど、ともかく僕の中で用水といえばその小川だった。深く掘られた小川の護岸上に通された道なので、川側はガードレールか金網、反対側は宅地の法面《のりめん》が迫っていた。道幅せいぜい一メートル半の隘路《あいろ》。自動車は入れないし人通りも多くない。時折走り抜ける自転車に気をつけていればあとは静かな道だった。

その道を通る時に投げるものを持っていると妙に緊張したものだ。つまり、サッカーボールだとか、輪ゴムに引っ掛けて飛ばすスチロール製の飛行機だとか。子供の思考回路は、少なくとも幼少時の僕に関しては「危険だからやめておく」ではなく「危険だからスリルを楽しむ」というように接続されていた。そして案の定落とすのだ。流れはあまりないのでほとんどの場合流木か投棄された自転車に引っかかって止まっていたけど、虫取り網を伸ばしても届かない高さなので救出にはバケツの取っ手にビニール紐を結んで持ってこなければばならなかった。

僕たちは来た道を戻って学校の下の通りを北にまっすぐ進み、一つ路地を曲がって用水の道に入った。水嵩は雨のせいで三倍くらいに膨れて土混じりの濁った水が流れていた。かつての慎ましい姿は見る影もない。向かいの切り立った護岸に突き出した排水パイプが雨水を吐き出していた。

時折振り返ると、狭霧はガードレール越しに首を伸ばして荒れた水面を覗き込みながら歩いていた。僕はその時頭の中に浮かんだ「そのひとがうたうとき」を掠《かす》れた小さな口笛で吹き始めた。しばらくすると狭霧がそこにハミングを合わせた。僕はメロディラインしか知らなかったけど、彼女はちゃんと自分のパートを歌っていた。一年の時に狭霧のクラスが合唱祭で使ったのがその曲だった。歌は雨と濁流の音に囲われ、二人の間だけに響いていた。思えばそれはある種の調律だったのかもしれない。二つの鍵《けん》を同時に叩いていい和音が出るように弦を絞る。決して同じ周波数ではない。違う音だが綺麗に響く。そんなところを狙ってお互い調整する。一度周波数が決まればしばらく調律師の世話にならなくても二つの鍵はいい和音を響かせる。

やがてツツジの植え込みがこんもり茂っている低層マンション横の抜け道に入った。コンクリート打ちっぱなしの細い階段を上がって建物の間を抜けた。暗さといい狭さといい路地裏のような道だった。マンションの階段室の横にステンレス製の郵便受けが出っ張っていて、階段の下を斜めに切った天井の下にはサドルのない錆びた自転車が放置されていた。そこはあくまで抜け道。通学路としては正規の道ではない。薄暗くてコウモリが棲み着いていそうな雰囲気なのだ。通り抜けると戸建の宅地の端に出るようになっていた。中央線のない公道がそこでちょうどL字に折れていた。

「ここに入るともうすぐそこだよ」僕は宅地の中にある自分の家の方を指し示した。「本当に来ないの？」

「いいの」狭霧は首を振った。そして帰り道を探るように来た道を振り返った。

「じゃあ、こないだ僕が柴谷の家に行くのに使った道を教えるよ」

僕は用水路から離れる方へ進んだ。住宅街を抜け、薄暗い雑木林の横を通って橋の袂に出た。その川には用水も注いでいた。堤防の上にサクラの木があって流れの上に深緑の葉をいっぱいにつけた枝を広げていた。幹は雨に濡れて黒い影のようになっていた。

「ここまで来ればあとはわかるよ」狭霧は橋の袂で立ち止まった。

結局僕らは僕の家から小学校へ通う道のりの倍くらいの距離を歩き回ったのだと思う。でも足はまだあまり疲れていなかったし、あまり長い時間がかかったようにも思えなかった。

「それじゃあここまで」僕は狭霧に答えた。

狭霧は橋を渡った。僕は橋の袂に立ったまま、騎士の直剣のように傘を地面に立てて見送った。向こう岸の狭霧の後ろ姿は少しずつ、でも確実に小さくなっていった。

彼女の姿が塀の角に見えなくなってから、僕は道端に落ちていた小石を拾って橋の上から川の上空に向かって遠投した。小石は回転しながら落ちて川面に円形の波紋を広げた。大きな波紋だった。石を投げたことに理由なんかない。ただそうしなければ気が済まなかったというだけだ。海原に散骨するのだってただの好みじゃないか。

その帰り道、頭の中が雨のようなノイズで満たされていて何も考えることができなかった。考えなければいけないことはたくさんあるはずなのに、はっきりした輪郭を保ったまま浮かんでくるものは一つもなかった。僕はそれらを上手く捉えることができなかった。捉えようとする気力もすぐに底をついてしまった。僕はなぜか酷くぐったりしていた。

家では母が焜炉の五徳を外して金束子《かなたわし》で磨いていた。僕はまず傘を広げて干し、冷蔵庫から麦茶のボトルを出してグラスで一杯飲み、自分の部屋に上がってベッドに倒れた。深い眠りの水面はもうすぐ足元にあって、僕は陶然とその中へ引き込まれていった。

第二章　咬み痕

ウェストランド・ワイバーン

夏休みの間に一度だけ狭霧の家から電話がかかってきた。母は「柴谷ちゃんから」と言って僕に代わったけど、狭霧がまだ日本にいるはずはなかった。全くわけのわからない気持ちで出てみると、声の主は白梅絹江だった。狭霧の伯母だ。「敬語を使わないで」というのが第一声だった。なんとも冒険心をくすぐる一言じゃないだろうか。彼女は僕を家に呼んだ。

僕はその時、狭霧の家の表札をちょっと確かめてみた。黒々と「柴谷」と記した木製の札の上に大理石の表札がもう一つあって、確かに「白梅」と彫られていた。でも石の模様が最新の迷彩のようになっていて、近づいてあらゆる角度からぐるぐると見てようやく文字が読めるというくらいの代物だった。さすがに石の表面か文字の内側どちらかを塗った方がよかったんじゃないだろうか。

ともかく僕は門をくぐった。寄り付きの北側に以前は水色のフィットが置いてあったのに、この時は紺色のルーテシアに交代していた。無塗装の黒いウレタン材バンパーをつけた古い車だけど、タイヤの溝はまだ深く、ホイールも煤けていなかった。耳を立てたまま前輪を少し門の方へ捻っていた。前のフィットは一体どこへ行ったのだろう?

絹江さんは縁側の方から玄関に歩いてきてスリッパ立てのスリッパを一足僕の前に出した。狭霧の言った通りほっそりして綺麗な人だった。ノースリーブのスタンドカラーのブラウス。脛丈でハイウエストの濃紺のデニムスカート。オレンジの細いベルト。知らない香水をつけていた。

彼女は僕を縁側回りで居間に通した。外を見ると生垣の手前に白い花火のようなタカサゴユリが何株か咲いているのが目を引いた。熱線のような太陽が降り注いで庇や木々の下にくっきりとした影を落としていた。その影の中で痩せたハトが何羽か歩きながら地面を嘴でつついていた。

絹江さんは僕が庭を見ている間に冷たいほうじ茶とおしぼりを用意してくれた。僕はスリッパの始末にちょっと困って、縁側の敷居で脱いで食卓の前に座った。考えてみると狭霧の家にきちんと玄関から上がったのはこの時が初めてだった。座布団の位置は前に狭霧と二人で話した時と同じだった。

僕は腰を下ろして居間の中をぐるっと見回した。特に内装の変化はなかった。縁側に出された電気式の蚊取り線香、ぴったり閉じられた仏間の襖。家の中には僕と絹江さんしかいないようだ。僕がいなくなれば絹江さんはこの家で一人になる。当然僕が来る前もそうだった。けれどその孤独はあまり異質なものには感じられなかった。狭霧がこの家で一人で生きているのだと知った時の驚きとは全然感触が違っていた。

「暑かったでしょう」絹江さんは自分のほうじ茶をグラスに注いできて僕の向かいに座った。例の切子のグラスだが底は紫色だった。ペアグラスではなかったのだ。彼女は指や手首には何もつけていなかった。爪も素のままだ。

「とても」僕はとりあえず素直な感想を口に出そうと思って答えた。

「歩いてきて、なんてちょっと酷だったわね。でも帰りは送るから」

「いえ……」

「いいのよ。そのつもりで頼んだのだから」

絹江さんの話し方はちょっと沈んでいると言ってもいいくらいに落ち着いていた。僕がどんな突拍子もないことを言おうがちっとも動揺させられないような気がした。

「ここまでどれくらいかかったの？」彼女は続けて訊いた。

「二十分くらいです」

「そう、それなりに遠いのね。この辺りは坂が多いから大変よね。歩道も途切れ途切れのところがほとんどで」

「そうですね」

　僕は自分が受け答えをする度に愛想笑いしているのに気づいて努めて表情を消した。絹江さんも質問の続きをやめた。

「彼女はこの家には住む人が必要なんだと言っていました。今は絹江さんがここに住んでいるんですか？」僕は訊いた。なんとなくおしぼりを広げて両手を拭った。

「そうよ。前は横浜の方にいたの。聞いたかしら。幸いここからでも通勤にはあまり不便はないわ。早く慣れたいと思っているところ」

「僕を呼んだのは？」

「狭霧から大切な用事を一つだけ頼まれているのよ」絹江さんは少し腰を上げて脚を崩した。それから手の中にあるグラスを二十度ほど回転させた。「あなたは以前にもこの家に来たことがあるのよね？」

「はい」

「あの戸棚の中に飛行機の模型があるでしょう」

「ええ」

「あれをあなたに」

「僕に？」

「預けるのか、譲渡なのか、それはちょっとわからないわね。ただ、あなたに渡してほしいって、そう言っていた」

「彼女が」

「そう。あれはもともと私の妹の夫が買ったもので、長い間他の誰かの興味を惹くこともなくあのガラスの中に仕舞われていたのよ。狭霧にとっては父からの贈り物ということになるのでしょうけど、彼女が望むのであればあの模型がここからなくなって惜しむ人は誰もいないわ。価値のわかる人のもとに置かれるべきだと思ったのかもしれない」

絹江さんは飾り棚の扉を開け、コーギーのワイバーンの主翼付け根の辺りを両手で支えて中腰のまま持ってきた。閉鎖された狭い場所で保管されていたのであまり埃を被っていない。広い食卓の上に置かれるとまるで空母の飛行甲板に戻ってきたみたいに生き生きして見えた。

「確かケースが付いていたわ」絹江さんは飾り棚の前に戻って下の扉を開けた。彼女がその中をごそごそやっている間、僕はそのスカートの動きを眺めるともなく眺めていた。他に目のやり場がなかった。硬そうな生地だな、と思った。

二分くらいして黒いプラスチックの四角い台座とアクリルの覆いが出てきた。台座には模型の脚を挟みこんで固定するための金具が二つあって、金具は裏面からビス止めされていた。台座のどこにもコーギーのロゴが入っていないので誰かの手製か既成品だろう。

「さて、ネジ回しがどこにあるか」絹江さんは立ち上がって台所の方をちょっと険しい表情で眺めた。

「まだ慣れないんですね」

「ええ、そうね。生活に必要なものは揃っているのに、まだ勝手が摑めないの。ストレスよね。姪は言葉だって違う国に適応しようとしているのに、こんな些細なことで」

「電話台の引き出しじゃないですか」

「知ってるの？」

「いや、でも鉛筆や鋏がそこにあったから、近くかなと思って」

絹江さんはいかにも懐疑的な態度で廊下に出て電話台を見てきた。精密ドライバーのセットを持っていた。「あった」

「それはよかった」僕はただ頷いた。

それから僕はセットの蓋を開け、頭の大きいプラスドライバーを出して台座の金具を二つとも外し、ワイバーンを台座に固定した。模型の脚を挟んだまま裏からネジを回すには机の縁を半分はみ出すくらいで支えておかなければならない。少々コツが必要だった。絹江さんは体を横に倒して目線を机の高さに合わせ、僕の作業を向かいから見守っていた。それはちょっと狭霧の仕草を思わせた。

「どうしてワイバーンだったんでしょうか」僕は呟いた。

「どういう意味?」

「彼女のお父さんは何か思い入れがあってこれを選んだのか」

「ああ。でも、だとしたらそれが一つだけあるというのはいささか不可解よ。私は彼の知己と言えるほどの関係ではないけれど、そういった趣味のある人ではなかったと思うわ。目に付いたからそれにした、なんてところじゃないかしら。古い飛行機にしては少し変わった形をしているものね」

「じゃあこれはいくつかあるコレクションのうちの一つというわけではないんですね」

「そう。私の知る限りではこの家にある飛行機の模型はこれだけ」

僕が台座にくっついたワイバーンを机の真ん中に置くと絹江さんはカバーを被せて僕が持ってきたアディダスのズックに入れた。

「こうして見るとそんなに大きなものでもないわね」

「案外、そうですね」

絹江さんは立ち上がって縁側に出た。仏間の柱の陰から食品用のタッパーを取り上げ、蓋を取って中から何か細かいものを庭に播いた。それに反応して庭のハトが一羽ぱたぱたと飛び上がった。どうやらパン屑らしい。彼女はちゃんと日陰を狙っていて、ハトは黒い領域の中をちょろちょろ歩き回った。

「鳥は好き？」絹江さんは縁側の縁にしゃがんでパン屑を少しずつ播き続けた。

「種類によっては」

「例えば、ハクセキレイの夏羽とセグロセキレイを見分けられる？」

「頬が白いのと黒いの？」

セキレイはすごく機敏で地上でも足の速い小鳥だ。よく尾羽をひょこひょこ上下に振る。空中での機動性もすごいのでカラスでもうっかりすると迎撃で羽を毟《むし》られそうになる。

「正解。でもセグロセキレイの中には頬の白くなったハクセキレイそっくりの個体もいるの」

「交雑ですか」

「いいえ。違うのよ。時々白い羽の多いドバトがいるように、ひょんな手違いでそんな子供が生まれるのね。そういう時は見分けはつかない。見分けはね。ただ、そっくりでも鳴き声はセグロの鳴き声だから、最後はそれで区別する他ないわね。……というよりも、声が違うからハクセキレイではないと気づいてもらえるのよね」そう言って中指の爪の間に挟まったパン屑を親指の爪で追い出した。「私の仕事では天敵なのよ」

「セキレイが？」

「どちらかというと、ハトかしら」

「ボンネットに糞を落とすから？」

「それも聞いたの？」

「仕事については自動車の販売というだけで、詳しいことは何も。ハトの糞のことも。ええと、ルノーというのは察しがつきましたけど」

「そう。私の車を見れば、車について多少見識のある人なら、それはわかるわね。私が勤めているのは、まあ、ちょっとしたショールームのようなところよ。綺麗な箱の中に綺麗な車を置いて、あとは座る場所とテーブルがあって、そこへ来る人にコーヒーやカルピスをご馳走する」

「カルピス」

「そう。若い人ももちろん来るでしょう。小さい子はコーヒーや紅茶はあまり頼まないから」絹江さんはスカートの裾についたパン屑をいくつか取って庭に投げた。「というのが建前だけど、この時期は大人相手にも結構出るのよ。こうも暑いと。あなたもカルピスの方がよかった？」

「いいえ。ほうじ茶おいしいです」

「それで、何の話だったかな」

「ハトが天敵だという話」

「そうそう。ハトの話ね」と絹江さんは頷いた。「ロビーに入れている車はいいけれど、それが全てではない、むしろ一部なのよ。屋根が付いていても梁が剝き出しになっていると、そこにとまったり、営巣することもある」

「迷惑ですね」

「そう。確かに迷惑よ」絹江さんは僕の発言をとりあえずなぞった。譲歩だ。「それで、もっと住みやすい場所があればそちらに移るかと思って、台を架けたり、巣箱を置いてみたり、いくつか試してみたのだけど、駄目ね。どこかから新しいのがそこへ飛んできて、もとのはそのまま。数が増えるだけだった」

「追い払おうとはしなかったんですか」

「しない」絹江さんはしっかりと首を振った。「最近では鷹匠を呼んで集まりすぎたハトやカラスを追い払おうという考えもあるようだけど、知ってた？」

「いいえ」

「ハトは生まれて半年くらいで繁殖するというから違うのだろうけど、カラスの場合、たくさん集まって集団で夜を過ごす、つまりねぐらをつくるのは二歳程度の若いカラスなの。経験も実力もまだまだというカラスたちよ。猛禽が悠々と飛んでいるような場所では安心して眠れない。安心して眠れる場所を探して移動しようという身軽さが幼いカラスにはあるのね。つがいになるとパートナーや子供との生活だし、他のつがいとの縄張りの取り決めもあるから、そう簡単には動けないのよ。若鳥のように密集して大勢集まるということはない」

「事情が違うんだ」

「いずれにしても、もともとそこにいない猛禽を放して、もともとそこにいない場所へ追い立てる。そんな人為は独善だと思うわね」

「だから自分の管轄の中で別の場所に移らないか試してみたんですね」

「そうね。もし死ぬほど迷惑だというのなら、そう感じる当人たちがその責任で、その場所で処分するということも本当は必要なのでしょうね」

「つまり、殺すということですか、処分というのは」僕は何度か瞬きしながら訊いた。

「直截な言い方をすれば、そうね、殺すということ。狩るということ。ごめんなさいね。言うだけでも婉曲したくなるようなことだから、それが嫌だから人々は別所の迷惑は棚に上げて追い払うのだろうけれど。結局、餌の少ないところで飢え死にしてしまう若いカラスは多いそうよ。とはいってもそれが人間の営みを含めた自然なのでしょうし、誰かを説得しようというような外向的な思想も私にはないけれど。当然、あなたに対しても」

「鳥は飛ぶために代謝が高いからしょっちゅう食べていなくちゃならなくて、だからしょっちゅう糞をしなくちゃいけない」

「そうね。糞を拭くのも私の仕事。糞が落ちなければ拭かなくていいというのでは怠慢だものね」絹江さんは庭のハトたちを見ながら笑った。個人的で小さな笑いだった。「あなたは素敵な話し方をするのね。狭霧があなたを好きになったのもわかるわ」

「好き？」

「別に愛だとか性だとか立ち入った意味ではなくて、信頼したということよ。あなたが私のことを知っているということは、そういうことでしょう」

「話し方がいいと言われても、なんだか喋りづらくなります」僕は照れて顔を背けた。

「彼女は僕のことを話しましたか？」

「ええ。その模型のことを頼む時に」

僕は狭霧がどんなふうに僕のことを話したのか想像した。絹江さんに褒められるのが気恥ずかしくて自分から話を振ったのに、それはそれで少し恥ずかしかった。

「あなたが狭霧のことをどう思っているのか訊いてもいい？」と絹江さん。

「はい」

絹江さんは僕の返事を少しの間待ったあと、こちらに半身を向けて「それなら訊くけど、あなたは狭霧のことをどう思っているの？」と笑いを堪えた様子で改めて訊いた。

「彼女が物事をどう考えているのか知ってみたいという興味がふと生じたんです。彼女は他の中学生たちとは違った感じがして、それはたぶん彼女の考え方によるものだと思った」

「知的な？」

「そういう表現もかなり当たっていると思います。僕の周りでは、誰と誰が付き合っているとか、誰のことが好きなのかとか、そういう恋愛の話題が飛び交っているけど、僕にはそれがとても遠い場所の出来事のように感じられるんです。恋愛もある種の興味の形なのだろうけど、容姿が好き、性格が好き、話し方が好き、そういう生々しい興味と僕の感じているものは何か違うような気がしている」

絹江さんは「そう」と僕の言葉を受けながら何度か頷いた。「例えばどういった時にあなたはその興味を感じたのかしら」

「彼女に対して？」

「ええ」

「僕と彼女は三年で初めて同じクラスになって、それからちょっと印象が変わったんです。授業中の発言や態度というのは生徒同士だと同じクラスになってみないとわからない。クラスメートになると、それは別に彼女に限ったことではないですけど、共有する時間や場所が全然違ってくる。たとえ授業という拘束があるにしても、それは休み時間では代えられない圧倒的な共有なんです。何と言うか、クリーンな意味で運命だと」

「それはわかるわ。仲のいい子や好きな子と同じクラスになれるとそれだけで嬉しいものね。というより、四月の初めにクラス組みのプリントが配られると祈るような気持ちになるものよ。私にもそれは理解できる。もしかしたらそれは、誰しも、あなたの言うような共有を期待しているからなのかもしれない」絹江さんは膝に手を置いて目線を隣の家の屋根の方へ高く向けて言った。

「他人より少し長く知っている仲だからちょっと違うように見えるのだとそれまでは思っていました。でもそれは間違いだった。国語や社会の時間に先生が生徒の意見を訊くことがあって、それは、この話題についてあなたはどう考えるか、というような正解のない質問ですけど、そこで時々当てられると、彼女はあまりありきたりなことは言わないんです。正しいことや一般的なことを言って済ませようという気持ちがない。かといって一般的ではないことを言ってやろうという気持ちがあるわけでもなくて、彼女の自然な意見が人とは違っているんです。それはみんなを感心させることもあるし、混乱させることもある。頭のいいやつの言っていることはよくわからない、そういう感想を持っているやつもいたと思います。彼女自身は別に特別であることを探求しているわけではなく、でも特別になることを疎んじてもいない。ただそうなってしまう」

「三年に上がる前にも関わりはあったの？」

「電車で会って話したり、流しで水を飲んでいる時に話しかけられたり、そういう機会はありましたね。一応知り合いでしたから」

「そう」絹江さんはまた頷いた。僕の言葉は彼女の中にある深い空洞にただ吸い込まれていくみたいだった。彼女は立ち上がって片方ずつ足首を伸ばし、縁側の縁に腰掛けて脚を組んだ。

「脚が痛くならない？」

「え？」

「ハトが嫌いでなければこっちに来たら？」

僕はほうじ茶を一口飲んで縁側に移動した。ハトたちは少し逃げ腰になってぎょっとした目でこちらを見上げたけれど、僕が座ってじっとしていると戻ってきた。絹江さんは沓脱ぎ石のサンダルの上に左足を置いていて、脚を組んでいるので右足は空中にあった。足は薄いトウシューズのような靴下に包まれていた。彼女はパン屑のタッパーを僕に任せると体を折り曲げてサンダルに入っている砂を捨て、沓脱ぎ石に乗っている小さな石ころや砂をつまんで地面に放った。石ころはほとんど近くで止まったけれど、中には日向まで転がっていくのもあった。風に庭の木々の枝が揺れていた。その手前でタカサゴユリの白く細長い（遠目に見れば）上品な花やすぼめた傘のような蕾も揺れていた。

絹江さんは狭霧の親ではなかった。つまり僕の同級生の親たちとは子供に対する立ち位置とか役目の自負みたいなものが確かに違っていた。親なら親身になって口煩《うるさ》くするところを、彼女は冷たいくらいに傍観していた。でもそれが二人の関係として間違ったものだとは思えなかった。遠目に見ているからこそ、彼女は狭霧のことを正しく中立的に理解していた。

「狭霧はなぜ行かなければならなかったんでしょうか」僕は何度かパン屑を投げたあと、タッパーを横に置いて訊いた。絹江さんの意見を聞きたかった。

絹江さんは手を止めて上体を前に傾けたまま膝の上に腕を置き、一層慎重な口調で答えた。

「そこには私や私の妹といった外部的な強制力もあれば、彼女の中の何かがもうここに留まることを許さなかったという内部的な強制力もあったでしょうね」

「どんな環境の変化があって、彼女がどれほどそれに苦しんだかはわかります。外部的な強制については」

「あなたが訊きたいのは彼女の内部的な、ここに残るという選択肢もあったのになぜそれを選ぶことができなかったのかということ？」

「そうです」

「個人的な問題よ？」絹江さんは振り返って僕を見上げた。

「わかっています」

絹江さんは体を起こして後ろ髪を直した。

「それは個人的ではあるけれど、おそらく彼女に限った問題ではないのよ。こんなことは本来誰かに話すべきことではないのだけれど、私も、私の妹であり狭霧の母である女も、ある意味では狭霧と通じる問題を抱えている。各々が一人きりで対処しなければならないものを先天的に抱えている。生きていく中で周りの環境の作用によって生じてくるものではなくて、ある年齢になると肌を内側から突き破って伸びていくツノの核のようなものを生まれた時から持っている」

「遺伝ですか」

「精神の構造が遺伝によって決まるものなら、そうでしょう。私の家系でも特に女性に強

い傾向だと思うのだけど、ユング的に言うなら、私たちは極めて内向型の感覚を持ってい
る。それはいわば自分自身への並ならぬ興味よ。難しい言い回しだけど、わかるかしら」
「わかります。確かに彼女は自分という存在に対する関心や思考に深く入り込んでいた」
「そう。その興味は、身体的な面、精神的な面、両方に対して向けられる。それは必ずし
も自己中心的ということを意味しない。自分が綺麗か不細工か、善い人間か悪い人間か、
そういった尺度でもない。ただ、自分が何者か、何をすべきか、その点について深く考え
てしまう。狭霧に関しては、これは不運と言うべきなのかもしれないけれど、とりわけ頭
の回転が速くて一つの物事を細かく調べる能力が高かった。だから自分について分析的に
考えているうちに、いわば細かく分解して点検しているうちに、もとの頑丈な状態には戻
せなくなってしまった。部分部分は連結されて正常に動作しているけど、きちんと噛み合
って一つにまとまっているわけではない。そういう脆くなった状態でここに残っていては
もっと深刻な不具合が起こるかもしれない、きっと起こる。それなら全く別の場所で一か
らしっかりと組み直そう。そういう気持ちだったんじゃないかしら」
「ここに居続けることが自分の存在を不安定にするから、だからもういっそ離れてしまお
うと？」
「おそらくは」

「それがなぜ今だったんでしょうか。以前にだってお母さんから向こうに誘われる機会はあったはずです。その時住んでいた場所からこの家に来た時も同じ理由を、随分昔のことだから判断というよりは直感だったでしょうけど、それを感じたから残りたいと言ったんじゃないんでしょうか」

「そうね。その時はまだこの家は彼女のことを匿《かくま》ってくれる場所としてきちんと機能していた。でも状況は変わるもの。ここはもう彼女にとって居心地のよい場所ではなくなってしまったのよ」

「一人になったことによって、それとも一人でいることを許されないことによって？」

「彼女はまだ子供で、一人では自由にやっていけない。周りの大人が見ているし、見られているということを彼女自身気にするでしょう。一人で生きていくかどうか、私がその問題に直面したのは今の狭霧よりずっと大人になってからよ。五年から七年は未来に考えるべき問題を彼女はいま負ってしまった」

絹江さんは僕が置いたタッパーに蓋をして縁側に足を上げた。ハトたちは彼女の不意な動きに驚いて一斉に五歩か六歩遠ざかった。

「彼女の考えに関しては、私の哲学を持ち出して推察すれば、ということであって、もちろん当たっていると断言はできない。家族だからといって彼女の本心を聞けるというわけでもないし、家族ではない方が話しやすいということもあるでしょう」

家族には話せない、他人にしか話せない。

僕はその部分を頭の中で繰り返した。

絹江さんは台所にタッパーを置いてきて座布団に正座した。食卓に対して半身、左手をその縁に置いた。

「正直に言うと、私は狭霧がもう回復しようのないところまで落ち込んでしまっているんじゃないかと思っていたの。他の人々の間でそつなく生きていくことはできない人間になってしまうんじゃないかって。それはどうしたって避けられない未来のように思えた。私にはどうすることもできなかった。だからあなたが狭霧を救えたことは奇跡のように感じられる。それとも、もしかして、そこにはきちんとした理由があるのかしら」

「救った?」僕は縁側に立ったまま訊き返した。

「そうよ。間違いない。狭霧を救うことができたあなたに、私はある種の尊敬を抱いている。羨ましさすら感じる」絹江さんはやはり落ち着いた口調で諭すように言った。

「僕はただ彼女の美しさを失いたくなかっただけで」

「そう感じた相手は狭霧が初めて?」

僕は考えた。目が潤んでくるのを感じた。僕は狭霧のことを救えたのだろうか。

「いいえ。違うと思う」僕は答えた。

絹江さんは僕の次の言葉を待っていた。

「僕には姉がいます。とても歳の離れた姉で」僕はそこで重たい唾を呑んだ。「彼女は何度も理不尽に打ちのめされて、その度に僕は何も、何の救いにもなれなかった」

そう言い終えた僕はきっと険しい顔をしていたのだろう。

「いいの。もういい。わかったわ。ありがとう」そう言って絹江さんは僕を慰めた。

僕は居間に戻ってほうじ茶の残りを飲んでおしぼりを畳み、ワイバーンを入れた鞄を抱いて玄関に回った。絹江さんは古いルーテシアの鍵を開けて僕を助手席に乗せた。外装は紺色、中は明るいグレイ一色で、ダッシュボードが直線的なデザインだった。エンジンは思ったより低くて太い音がした。絹江さんは車を道に出してアイドリングのまま一度降り、門を閉めて戻ってきた。そこからは絹江さんが道を訊いて、僕は曲がるところを言った。

「あなたはこれからどうするの?」

「これから?」僕は訊き返した。ネジを持った金工室の狭霧を思い出した。

「そのまま高校へ上がるの?」

「いや、都内の公立校を受けようと思って」

「ふうん」

「そしてできれば一人暮らしをしたい。自分の空間を持って、そこで僕はいつも一人で、でもだからこそいつでも誰かを受け入れることができる。彼女はたぶんそういう場所を求めていたのだと思う」

「別にあなたが狭霧のために生きる必要はないのよ」

「そうです。でも彼女は僕の中に何かを残していった。今ではそれは僕の中でとても重みを持っている。それを受けとめるために手を差し出したのは僕の方です」

絹江さんはごく中立的に頷いた。「狭霧、落ち着いたらあなたにもメールをするって言ってたわね。今はまだ学校のことでてんてこ舞いでしょうけど」

「ええ、待つしかない」

「そうね。諦めないで」

僕の進路判断には「今日は家に誰かいるの？」という狭霧の二度の問いかけが深く関わっていた。狭霧がなぜそんなことを訊いたのか、訊かなければならなかったのか、それについて僕は長い間考えていた。互いの通学路を知ったのと同じように僕の家も見ておきたかったのだろうなと最初は思った。でもそれだけなら別に母がいることを気にする必要はない。狭霧は決して引っ込み思案ではなかったし、本当に人当たりのいい少女だった。

だからおそらく狭霧は二人だけの閉じた空間を求めていたのだろう。他者に暴かれたり晒されたりする心配のない殻の中で完全な無防備になりたかったのだろう。もちろんそれは狭霧の家でもいい。でも他にもそういう場所があるってことを彼女は信じたかったのだ。

　そして僕は次こそ狭霧にそんな閉じた空間、いわば避難所を用意してあげようという気持ちを強めていった。

　ルーテシアから降ろしてもらったのは宅地の外周だった。家の前までは入らなかった。十四の子供とその友達の伯母というのは二人で会うにはちょっと微妙な関係だ、という話を到着の前にした。絹江さんは僕を降ろして走り去る時にウィンドウを下げて、そこにちょっと手を出して見せた。古い洋画でしか見たことのない挨拶だったので少し驚いた。僕もお辞儀を返したけれど、ちゃんとミラーに映っただろうか。

笑うなと言ったのは君の方だ

技術の先生との約束通り、僕は僕の夏休みを金工に捧げた。それはたぶんイギリスへ渡った狭霧への餞別でもあった。創造が僕の信念なのだ。そう彼女に話してしまった以上、手を止めるのは彼女に対する裏切りになるような気がした。僕は次第にそつなくネジ切りができるようになり、くびれや網目や、さらに複雑な造形に挑んでいった。

金工室から一番近いトイレは職員室の横にある職員用のトイレで、これは生徒は使わないというのがルールだった。そうすると生徒用で一番近いのは体育館脇のトイレになるのだけど、ここは屋内運動部の連中でいつも混雑していたし、暗くてじめじめしているので僕はあまり好きではなかった。そうなると三番手は一階教室の並びの奥にあるところか、二階まで階段を上ったところだった。どちらかというと後者の方が広々しているので僕はそっちを好んで用を足したり顔を洗ったりしていた。水道だけなら金工室にもあるけど、鏡がついていないのだ。金工は大抵午前中いっぱいで切り上げて帰るのだけど、それでも日に一、二回は体を伸ばすついでにトイレまでちょっと歩いてみるのが普通だった。

ある日、石鹸で顔を洗ってさっぱりした気持ちでトイレから戻ろうとした時、階段下に淵田が一人で座っているのを見つけた。たまたま手摺越しに下を見たので気づいた。淵田は自前の体操着姿で、黒いスポーツタオルを首にかけ、サーモスの水筒を呷《あお》っていた。淵田は男子バスケ部だった。

階段は両腕を伸ばしても半分に満たないくらい幅広だし、淵田が座っているのは端の方だったので全然無視して避けていくことも可能だったのだけど、でも僕は話しかけることにした。もし彼が一人でなく誰かと一緒だったら、それかもし僕があまり上機嫌でなかったら、僕はきっと素通りしていただろう。折り返しの踊り場の少し手前で立ち止まって、内側の手摺越しに上から声をかけた。

「やあ、今日も機械いじりか」淵田は振り返ってこちらを見上げた。彼も機嫌がよさそうな返事だった。

「柴谷の見送りには来なかったね」僕は言った。

「ん、見送り？」

「そう」

「っていうと、空港か」

「うん」

「それ、初耳だったな」淵田はわざとらしく肩を竦めた。でも僕が追及したいのはそんなことではなかった。

「一つ気になってることがあるんだ」僕は擁壁から上体を乗り出したまま訊いた。手摺を握る手がやっぱり震えていた。

「ん？」

「柴谷が君に話そうとしていたのって、どんなことだったのかな」

「どんなって言われてもなあ……」

「彼女が送ったメールを見せてほしいんだ」

淵田はちょっとぎらついた目で僕を見返した。その視線には明らかに「何様のつもりだ？」という気迫が籠っていた。

「こないだ君は彼女の家で僕と彼女が何を話したのかって訊いたろ？　だから、それくらいのことなら君も話してくれそうだと思ったんだ。それとも、携帯、持ってない？」

「いや、持ってるよ」淵田はそう言ってちょっと俯いた。さっきの上機嫌はもうどこにも残っていなかった。感情の変化を隠すための苦笑いが彼の顔に表れていた。「でも、見せられないな」

「嫌なら、別にいいけど。なにせ本人に聞きそびれちゃった僕が悪いんだから」

「そうじゃない。見せられるなら、見せてやってもいいんだ。でも消しちまったんだ。別れた彼女とのメールは全部削除することにしてる。関係が終わったらきれいさっぱり処分して、過去のことは忘れる。俺はそういうタイプなんだよ」

僕はそれを聞いて、この男には狭霧を救う能力も資格もなかったんだ、と改めて思った。

淵田はまだ苦笑いのまま僕の返事を待って顔を上げていたけれど、僕は一切表情を変えなかった。笑うなよ、と僕に言ったのは他でもなく淵田だった。

「わかった。そういうことなら、仕方ない」

僕が真顔のままそう言うと淵田もさすがに苦笑いをやめた。その居心地の悪そうな表情の変化だけで僕には十分だった。いつか淵田を一発殴ってやらなきゃいけないんじゃないかと思っていたけれど、そんなことをするよりもっとダメージの大きな屈辱を与えることができたような気がした。

淵田は水筒を持って立ち上がり、僕の方を見ずに「じゃあな」と言って体育館へ戻っていった。僕も彼を見下ろすのをやめて手摺を離した。握っていたところが汗で曇っていた。それをジャージの袖で拭って階段を下り、金工室へ戻る前にちょっと離れたところから体育館の入口を覗いて中の様子を確かめた。奥でバレー部が練習していて、手前のバスケ部は座り込んだり寝転がったりして思い思いに体を休めていた。淵田の姿は見当たらなかった。

淵田は「初耳だ」なんて言ったけれど、きっと狭霧の見送りを知らなかったのではなくてあえて避けたのだろう。それにしたって空港に集まったのはほとんど同じクラスの生徒ばかりで、他のクラスの生徒は狭霧の一、二年の時の仲良しの女子が数人だけだった。だから淵田のような別のクラスの男子がわざわざやってこないのは全然普通のことだった。

そして僕はその時初めて狭霧の母親を目にした。いかにも仕事をしています、働いています、という感じの服装、髪型、化粧をしている以外はごく普通の、年相応のおばさんだった。つまり狭霧の知り合いに接する時の言動や態度もごく尋常な感じであって、とても娘を遠くに置き去りにして一人で仕事に行ってしまうような突拍子もない人間には見えなかった。

十数人集まった見送り側は荷物がかさばらないようにささやかな色紙を一枚狭霧に手渡した。そして最後にみんなで写真を撮った。この時の撮影役が狭霧の母親だった。それこそ全く甲斐性なしとは思えない段取りだった。きちんと往来の迷惑にならないところを探していたし、タイミングの取り方もよかった。色々聞いていただけにそのまともさはあまりに意外なものだった。僕に対する特別の挨拶などはなくて、そのあたりはきっと狭霧が話していないのだろうな、という感じだった。その日は僕と狭霧も何ら特別な話はしなかった。ありきたりな別れの言葉を二、三言交わしただけだった。この短い梅雨の間に僕らが話したことは大勢の前で同じように話せるような性質のものではなかった。

狭霧は母親と一緒にゲートに入る前にみんなに手を振り、それから角に入って見えなくなる前にもう一度振り返ってちょっとだけ手を上げた。きっと自惚れなのだろうけど、それがなんだか僕だけに送ってくれた挨拶のような気がしてならなかった。

それから僕たちは展望デッキに上ってブリティッシュ・エアウェイズのボーイング767の離陸を待った。それは次々と飛び立っていく無数の旅客機の中の一つに過ぎなかった。無事に地面を離れ、そして大気のうっすらとした煙りの中に消えていった。実感のない儀式、実感のない別れだった。例えば今まで僕と狭霧の間にあった出来事が鋼鉄の錨鎖《びょうさ》だとするなら、その日の見送りは風に飛ばされる発泡スチロールの箱のようなものだった。僕にとっての本質的な狭霧との別れは結局のところあの湿った小さな橋の袂の出来事だったのだ。

「狭霧、少し元気になったよね」伊東が僕の隣に立って言った。当然彼女も見送りに来ていて、僕らはホームの上で帰りの電車を待っていた。トンネルの中の駅なので明かりが黄色くて声が妙にぼわんと響いた。

「そう?」と僕。

「うん。まあ、今日は見栄張ってるだけかもだけど、それでも一時より随分よくなったと思うよ」

伊東の言葉は僕を少しだけ報われた気持ちに変えてくれたのだった。絹江さんが「狭霧を救うことができた」と言ってくれたのはもちろんそれよりあとのことだけれど、僕が絹江さんの言ったことを受け入れることができたのは伊東が先に下地を作っておいてくれたからだったのかもしれない。

東の塒《ねぐら》

夏休みは思考の時間でもあった。長時間考え事をしていることが多くなった。椅子や布団の上で考えることもあれば、歩きながら考えたり工作をしながら考えることもあった。そうしたながら思考のうちに自分でも知らぬ間に目的地に着いていたり、自分でも知らぬ間にものが完成していたりした。僕の思考はいつも時間とともにあった。長い間考えていると太陽の高度の変化や地球の自転だって感じることができた。音のない海の中を漂流しながら眠ろうとしているような、酷く幻想的で虚ろな感覚だった。

その感覚は二学期に入っても消えなかった。僕は平静を装いながらも以前の世界に戻る鍵を探し求めていた。廊下の端、B階段、体育館のキャットウォーク。でもそれはどこにも落ちていなかった。僕はただいつも通りに授業を受け、休み時間に宿題をやり、給食を食べて掃除をし、図書室へ行って高校受験の問題を解いた。金工室では機械を使うよりも航空工学の専門書に載っている数式をノートに写して自分で解いてみた。そして時々、狭霧はもうイギリスの高校生なのだということに気づいて打ちのめされそうになった。

受験自体は上手くいった。どちらかというと親を説得する方が過酷で忍耐の要る試みだった。大塚にある高校だから新宿乗り換えで一時間半はかからない。通えない距離ではなかったのだけど、僕はどうしても一人暮らしをしてみたかった。

僕の味方をしてくれたのは和歌山の伯父だった。度々の東京出張の基地として使っていた部屋が千住のマンションに残っていて、そこを使えばいいと言ってくれた。人間は経験の多い方がいい。経験を多くするにはとにかく多くの場所で暮らしてみることだ。そういう考えの持ち主だった。伯父は和歌山の地元でＦＲＰのプレス成型をやる工場に勤めていて、会社の重役に就いて滅多に東京に出なくなってからというもの、管理の都合で僕の家族が年に一、二回その部屋を検査に行くのが習慣になっていた。自分の不動産に兄弟の子供が住みつくにあたって伯父が約束させたのは、レコードのコレクションを毎日少しずつ手入れするということだけだった。その部屋には八十年代前半に集めたらしいＬＰ盤が大量にストックしてあった。でもそれはレコードのコレクションの心配というより、僕が毎日規則正しい生活を送るように、レコードを盗ったり割ったりする輩を家に呼ばないように、その指標として与えた課題のように思えた。

　他でもない、その部屋が僕の今の住処だ。僕は中学の修了式を待って二〇〇九年の三月にその部屋で寝泊まりを始めたから、もうかれこれ三年が経とうとしていることになる。

　当時、地域としての千住はベッドタウンの再開発真っ只中という感じで、万博会場レベルの土地を一気に造成して大規模で統一的なデザインの建物を林立させつつあった。重機の巻き上げる粉塵で砂漠のように空気が曇っていた。伯父が与えてくれた物件は隅田川を挟んだその対岸にあって、北千住の島の南東にある高層マンション八階の３ＬＤＫだった。やや離れて北側には京成と東武の線路が並走し、幹線道路が北西面の交差点で交わっていた。ベランダからほぼ真下に隅田川を渡る橋が見えた。

　水害のおそれに目を瞑れば至って良好な物件だった。ただ八九年築で、洋間のカーペット敷きはバブルの匂いがぷんぷんしたし、一世代前の電気スイッチや窓のサッシ、冷蔵庫用の防水パンなんかいかにも古臭かった。それでも一人で生活するには十分すぎるのは確かだ。上等なものが揃っているわけではなかったけれど、伯父が住んでいたおかげで生活に足りないものはほとんどなかった。インターネットだって通っていた。

　家事は料理が少し億劫なだけで不便は感じなかった。リビングで横になると、広々して、静かで、とてもいい気分だった。ひどい騒音を出さない限り僕はそこで何をしてもよかった。自由だった。強いて言うなら寝つきの悪い夜に壁の中の水道管の音やお化けがちょっと怖いくらいだった。

僕は掃除をして空気を入れ替え、服をタンスに仕舞い、食器を洗って冷蔵庫に食材を詰めた。買い出しの度に家の周りの道や地形を少しずつ覚え、そうして僕は北千住を自分の土地にしていった。

何回か歩いてみて感じたことだけど、そこに住む以外の人間にとって北千住の島はただ通り過ぎるための土地に過ぎないのかもしれなかった。地上だけで四つの鉄道路線が交わり、国道が南北に貫き、首都高の高架によって取り囲まれていた。数多の車両がそれぞれの道を走り、東から西へ、南から北へ抜ける。そこに乗った人々やモノもまたまっすぐに島を通り過ぎていく。僕はそうした目の回るような激しい往来の間をはるかにゆったりとした速さで歩いていた。北千住の生活は自転車があれば十分だったし、時には自転車だって駐輪の手間を面倒に感じるくらいだった。そういう距離感に生活圏が収まってしまうのだ。

そうして数日が過ぎた頃だった。僕は安売りで買い占めたじゃがいもを抱えて家の前の通りを渡ろうとしていた。何しろ幹線だから赤信号が長いのだけど、両手が塞がっているせいで車の往来を眺めるくらいしか時間の潰しようがなかった。

トレーラーやトラックがどかどか走っていたから平日だったと思う。その合間を走る小さなルーテシアは逆に目立っていた。その時僕は、絹江さんのルーテシアと同じ色のルーテシアだな、くらいの感想しか抱かなかった。もしかしたら絹江さんかもしれないなんて気持ちはちっとも起きなかった。横浜で働いて新百合ヶ丘に住んでいる彼女が北千住を通るなんて通勤としてはちょっとおかしいわけだけど、僕の感想はそんな論理的なものではなかった。ただただ気づかなかったのだ。

そのルーテシアは北東方面から走ってきて交差点を右折した。僕は南西側の岸で信号を待っていたから、ちょうど僕の方へ向かってくるような具合だった。僕は運転席に誰が座っているのかは意識していなかったけれど、ナンバープレートが目に入った。横浜ナンバーだった。狭霧の家で見た絹江さんのルーテシアも横浜ナンバーだった。だから僕は振り向いてルーテシアの後ろ姿を目で追った。

ルーテシアは右折のあとすぐハザードを灯して路肩に寄った。一・五車線くらいの道なので後続車はさほど進路を変えずにすいすいルーテシアを避けていった。

僕はそれまで待っていた横断歩道の信号が青になるのを一度確認した。でも確認しただけだった。渡らなかった。こちら側の岸に留まった。足元の黄色い点字ブロックに一度目を落として、それから顔を上げると青信号が点滅していた。

僕は体の向きを変えてルーテシアの方へ向かって歩いた。ルーテシアはまだそこに止まっていた。まるで僕を待っているみたいだったし、実際待っていたのだ。僕は遠巻きに近づいて車の横に立った。

絹江さんは助手席の窓を下げ、首を低くしてルーフの陰から覗き込むみたいにこちらを見ていた。

それでルーテシアを運転しているのが絹江さんだというのがはっきりした。僕はガードレールまで近づいた。

「気づいたわね」彼女は言った。

「だけど、僕が気づくより絹江さんが気づく方が早かっただろうし、絹江さんが気づいたから僕も気づいたんだと思います。気づいたから止まったんですよね」

「そうね。君が気づいたかどうか、確かめたくなったのね」

たぶん僕が気づかなかったら絹江さんはそのまますぐに車を出していただろう。わざわざ降りて捕まえたりはしない。彼女の言葉はそういう含みのある言い方だった。現に彼女は二、三言交わしたこのタイミングでようやくサイドブレーキを引いた。

「旅行ですか」と僕。

「そう。よくわかったわね」

「仕事だったらここは通らないだろうし、たしか平日休みだって」

「青森まで行ってたの。下北の、陸奥の方。本州最北端」

我々はそこでしばらく沈黙した。それはおそらくこんなところで出くわした偶然の重みを確認するための沈黙だった。

「ところで、それ、重そうね。家は近いの？」絹江さんは訊いた。

「そこです。すぐそこ」

「あの高いの？」絹江さんは助手席の肩を摑んで振り返った。

「高いですけど、住んでるとこは下の方ですよ」

「送っていくわよ、っていうほどの距離じゃなかったわね」

「少し寄っていきませんか」僕は言った。まともに考えたらちょっと言いにくい一言なのだけど、不思議と口をついた。僕の口が僕の意志なんか無視して勝手に言ったみたいだった。

絹江さんは特に表情という表情のない目で僕を見て少しの間考えた。どうも頭の中で三つくらいの選択肢を検討しているような感じだった。

「わかった。少しだけね」絹江さんは答えた。「コインパーキングに駐めてくるから、信号渡ったところで待っていてもらってもいいかしら？」

「はい」

絹江さんは頷いてブレーキを踏んだ。右指示、サイドブレーキを戻してクラッチを入れる。ルーテシアが走っていく。僕はサイドミラーに注目していたけど、絹江さんは特に僕の方を確認したりはしなかった。

僕は歩道を引き返してもう一度信号待ちをして道の対岸で買い物袋を下ろした。

絹江さんはどうして僕の誘いに乗ってくれたんだろう？　青森に旅行に行ってたって、今日帰ってきたんだろうか。五百キロの道のりを走ってきたんだろうか。それにしては疲れていないように見えた。元気そうに見えた。いや、案外疲れていて、一休みしたかったのだろうか。でもそれなら僕の家でなくたってコンビニに寄ればいいだけだ。絹江さんはたぶんそれだけのために他人の家に上がったりするような性格じゃない。

僕の新しい部屋に興味があるといった感じでもなかったし、だとしたら、様子見だろうか。僕が一人できちんとやっているのか確認してやろうと思ったのかもしれない。うん。最後の捉え方が一番収まりがよかった。

絹江さんは交差点の北側から横断歩道を渡ってきた。ぐるりと元の道に戻って駐車場を探したらしかった。やはりデニムのロングスカートだった。色はほぼ黒、サイドにマチがついていた。上着も黒でダブルのショートコートなのでちょっと昔の軍服を思わせる格好だった。

対して僕はただ単に近所に買い物行くためだけの恰好だったのでちょっと恥ずかしかった。具体的にいうと、グラフ用紙みたいな模様の厚手のシャツにだぼっとしたベージュのワークパンツ、黒いスニーカーだった。くたびれたおじさんの休日のような格好だったと思う。

「お待たせ」

「すみません、たぶん敷地の中にも駐められるんですけど、すっかり失念してて」

「別にいいわよ。駐められるといったって、きっと面倒な手続きが必要なんでしょう」

一時間くらいだったら空いているスペースに無断で置いたままにしておいたって何も言われないはずだ。僕はそう思ったけど、思っただけで口には出さなかった。いまさら無意味な情報だった。それに僕がさっきの段階で言っていたとしても絹江さんはやっぱりコインパーキングを選んだだろう。

「その荷物、私が持つわ」絹江さんは手を差し出した。「待たせてしまったから」

「大丈夫です」僕は首を振った。買い物袋をしっかり肩にかけて歩き出した。

絹江さんは食い下がらなかった。

絹江さんも譲らない。僕も譲らない。たぶん僕らの関係は頼り合うような距離感ではないのだ。少なくとも、まだそういう親しい関係ではないと僕は思っていたし、絹江さんも同じような感覚を抱いていたと思う。

郵便受けを確認してエレベーターに乗った。僕も絹江さんも何も言わなかった。何を言えばいいのかわからないような、人の発言を封じる石膏のような空気がその狭い空間にぴったりと密封されているみたいだった。扉のガラスに二人の姿が映った。我々は背丈も体格も同じくらいだった。そういえば僕と狭霧も同じくらいの背丈だった。つまり絹江さんと狭霧の体つきも似ていた。

我々二人を接続しているのは紛れもなく狭霧の存在だった。思えばその舫《もや》いは初めから不在だった。我々が上手く距離感を測ることができないのはそのせいなのかもしれなかった。

狭霧のことを思うと僕は少しだけ苦しい気持ちになった。本当に僕の部屋に来るべきなのは絹江さんではなく狭霧だった。

「まずは、おめでとう。いい高校に受かったって聞いたわ」廊下を歩きながら絹江さんは僕の後ろで言った。

「ええ、ありがとうございます」僕は半分振り返った。受験や一人暮らしの顛末は絹江さんにも電話で伝えてあった。一度語ったからにはそれが筋だと思ったからだ。

「会うのは半年ぶりということになるかしら」

「おそらく」

「しばらく見ない間に髪が伸びたわね」

「そうでしょうか」

「そうよ。前はせいぜい目にかかるくらいだったもの」

「絹江さんは変わってないです。元気そうでよかった」

　絹江さんは少し上機嫌そうに頷いた。

　僕は一度荷物を置いて玄関の鍵を開けた。客人を先に通すのが礼儀なのだろうけど、あいにく手が塞がっていて扉を開けておけなかった。客人は僕のために扉を押さえてくれた。

「すみません」と言って僕は先に入った。

「お邪魔します」と絹江さんは扉を閉め、靴を脱いだ。黒くてかなりハードデューティなデザインのブーツだった。

　僕は暗い廊下を抜けてひとまず買い物袋をテーブルの上に置いた。

「そんなにたくさん何を買ったの？」絹江さんは訊いた。「ずっと気になっていたんだけど」

「じゃがいもの特売だったんです。とにかく蒸かしておけば色々できるし。あとは、にんじんときゅうりとベーコン、挽肉、チーズ」

僕は部屋の明かりをつけて時計を見た。十六時を回っていた。

「これ、青森で買ったお弁当。何かもっとお土産らしいものがあればよかったんだけど。悪いけど今日の夕ご飯にして。ちょっと足が早いの」

絹江さんは片手に提げていたレジ袋を僕に差し出した。中身は駅弁のような厚紙に包まれた箱だった。

「気にしないでください」

「いいのよ」

僕は買い物を冷蔵庫に仕舞ったあと、ペットボトルの緑茶を開けてグラスに注いだ。氷を入れるような気温じゃない。

「青森はどうでしたか」

「よかったわよ。そうね、どこもかしこもだだっ広くて、草原も、森も。何も遮るものがないの。走っても走ってもそんな景色がずうっと続いていて、世界の果てまでこんな景色が広がっているんだろうなって思えるのよ」

「それはちょっと寂しいかもしれません」

「そうね。寂しいかもしれない。でも、それがいいのよ。普段の生活では他人から完全に離れることはできないもの。寂しさだって、たまにはいいものよ。甘いものばかりじゃなくて、時には渋いお茶も飲みたくなるのと同じ」

絹江さんは椅子に座って僕の出した緑茶をぐびぐびと飲み干した。僕は仕舞いかけていたペットボトルをもう一度開けて彼女のグラスにもう一杯入れた。

「ありがとう。案外喉が渇いてたのね」絹江さんはまた半分ほど飲んで息をついた。それから、「一人でやっていると不自由することも何かあるでしょう？」と訊いた。たぶんそれを僕に訊くのが僕の部屋へ来た目的だったのだろう。

「献立を考えるのは面倒だけど、それくらいですよ。洗濯も掃除も好きだし」

「周りの部屋はうるさくない？」

「いいえ。ほとんど誰もいないみたいに静かですよ」

「壁が厚いのね」

僕は座って緑茶を飲みながら少し考えた。なぜ絹江さんが僕の心配をしてくれるのだろうか。一つには彼女もまた長く一人暮らしを続けているからだろう。僕が何かを相談するなら絹江さんより僕の両親が先だ。でも一人暮らし特有の問題なら絹江さんは僕の両親より的確にアドバイスできる。彼女にもそういう自負があるのかもしれなかった。

「あなたが一人暮らしを始めることや、それが北千住だということは聞いていたけど、とても立派なマンションだから驚いたわね」

「僕が持ってる部屋じゃないですよ」

「ご両親が借りているの？」

「いえ、伯父の所有なんです。それを僕が借りている」

「所有、か」

「伯父さんはここには住んでいるわけではなくて、和歌山にいるんです。昔、仕事で東京に来ることが多くて、こっちにも泊まる場所があった方がいいだろうって。でも部署が変わって、仕事も変わって、めっきり使わなくなってしまった」

「でも売らなかった」

「はい」

「泊まるだけの場所にしてはいささか充実しすぎてないかしら」

絹江さんはテレビの前に屈んだ。三十インチのブラウン管。三菱製。スイッチのカバーを開いて「九六年製」と呟いた。

「あなたの伯父さんがこの部屋を買ったのってもしかしてバブルの頃？　もう少し後かしら」

「ええ。僕が生まれた頃だと思います」

「景気がいい時にきちんと貯めて、そのあと不動産の価値が暴落したところで家を買う。商売にはならないけど、自分のために買うならそんなにいいタイミングはないわね。伯父さんはどんな仕事をしているの？」

「ＦＲＰのプレスを」

「ＦＲＰ、繊維強化プラスチック」

「あ、はい」

そうか、ＦＲＰは自動車の外装にも使われることがある。絹江さんが知っているわけだ。

「こういう大きな板を機械で挟んで、例えばバスタブをいっぺんに打ち出す。見てると面白いですよ。スナック菓子みたいにぽんぽん出てくるから」僕は言った。

「ふうん。伯父さんはバスタブの工場を持ってるのね」

「工場は持ってないけど、工場を持ってる会社でプレス機の管理とかをしてるんです。昔は住宅設備のメーカと会議やなんかがあってこっちに来ていたんだと思います」

「和歌山じゃ遠いし交通の便もないものね。でも、それならどうして和歌山なんかに工場を？」

「伯父さんの会社ははじめからバスタブをぽんぽん造ってたわけじゃないんです。もともとマグロ漁船の部品をつくる会社だった。だけど一時から遠洋漁業に出る船がどんどん減ってやっていけなくなりそうになったから、別のものに手を出した。そのうちの一つがバスタブなんです。他にも色々作ってますよ。ベンチとかヘルメットとか」

「港が近いから輸送コストがかからないんだ」絹江さんは納得した。「家賃は払うの？」

「いえ。そういう話にはなりませんでした。ただ、一日一枚レコードを磨いてくれって。それでいいからって」

「レコード」絹江さんは呟いてテレビの周りのガラス棚を見渡した。「これ全部レコードか」

「そうなんです」

「ああそうか、このコレクションを残しておきたくて部屋を売らずにおいてるのね」

「たぶん。はっきりとは言ってませんでしたけど。家族にも黙ってるのかな」

「じゃあ彼は比較的快く貸してくれたのね」

「貸すというか、管理人を任せるようなものです。確かに、やぶさかではなさそうでした。あ、あと光熱費の請求をこっちに移してもらう手続きが面倒くさそうだっただけで。一人暮らしも、したいならすればいいって言ってくれました。親は渋りましたけど」

「あなたの一人暮らしに？」

「はい」

「親の立場なら、それはそうでしょうね」

「ただ単に生活空間が離れるから心配が増えるってだけのことじゃないんです。僕の姉は高校もろくに行かなかったですから、僕を中高一貫校に入れたのは安心したかったからでしょう。きちんと大学まで行くように手元に置いておきたかったんですよ」

「説得するのは大変だったわね」

「はい。だから必ず大学に進むという約束で、高校も進学校、進学率ほぼ百パーセントのところでなければ話にならなかった」

「生半可なところでは高卒で就職というのもありうる」

「そう」

　絹江さんはソファに座って綺麗に脚を組み、膝の上に手を組んで親指を糸車のようにぐるぐる回した。それから言った。

「でもそれってきっとお堅い考えだと思うわね。大卒だからって未来を約束されるご時世でもないもの。国立大を出てフリーターや契約社員や就職浪人をやっている人間だってごろごろいるし、その一方で高卒で国家公務員二種取ってお役所で温もっている人間もいる」

「本当？」僕はぞっとしながら訊いた。

「聞いた話だけれど、根も葉もない噂ではないわね。ひと月かふた月前、就職支援のエージェントで働いてる知り合いと飲んだ時に聞いたの」

「高卒で背広の国家公務員なんて、特殊な例じゃないんでしょうか」

「もちろん割合でいったらまだ大卒の方が安全だろうし、全体の職の質からして給与平均もずっと上でしょう。ただ、結局は個人の技量なのよ。将来高給取りになる賢さを持っている人間はだいたい大学に行く。だいたいの中に含まれない残りの少数は別の道を選ぶ。もしかしたらそこには普通に賢い人間よりもっと賢い人間がいて、そういう人間が大学に通うより早く就職して高い給料を獲得する方法を思いついて高卒の成功者になってるのかもしれない。大卒だから、高卒だから、という尺度は本当は存在しない。そんな完璧に分別できる境界なんてない」

「もっと微妙で、幅の広い境界、グラデーション」

「そう。グラデーション」絹江さんは頷いたあともう一度レコードの棚を眺めた。そしてウェストランド・ワイバーンの模型に目を止めた。「あなたに預けた飛行機ね」

「ああ、はい。結局同じような場所に収まってます」

僕はその模型を実家に持って帰ったあと、引っ越しの時までズックに入れたまま隠すように保管していた。この部屋に来て初めて飾る場所を考えたけれど、埃と直射日光を避けられるのはレコードの棚しかなかった。

「それにしても、これだけ多いと一年に一度磨けるかどうかわからないわね」

「でも日に二枚磨いてしまうのはもったいないような気がするんです。そのレコードにも、その一日にも」僕はそう言って扉を開き、今日の分のレコードを抜き出した。

「ああ、これは知ってるわ」と絹江さん。

僕が取り出したのはビリー・ジョエルのアルバム、『アン・イノセント・マン』だった。僕はカバーから出したその真っ黒に光る円盤をクロスで丁寧に拭った。

「聴きますか？」

僕が訊くと絹江さんは黙って小さく肯いた。聴かずに仕舞うなんてありえないという感じだった。僕も拭ったレコードはその場で一度聴くことにしようと思っていたのだけど、今日はお客さんがいるから一応確認したのだった。

ターンテーブルはテレビ台の下にあって、プラスチック製のフードがついていた。それを開けてレコードを置き、電源を入れて針を落とした。テレビ台の上に据えられたスピーカーから小さく音が流れ始めた。

「懐かしいわね」と絹江さん。

「曲ですか」

「レコードの音質が、かしら。これって八〇年代のLPよね？」

「一九八三年」僕はジャケットの裏を見て確認した。

「あなたの伯父さんは九十年代半ばにこの部屋を買って、それからか、その前後か、レコードを集めていたということよね。当時としてもちょっと昔のレコードを」

「だと思います」

「ちょうどCDが出てきた頃にレコードって、ちょっとアナクロね。私が知らなかっただけでそういう逆行の潮流もあったのかもしれないけれど、彼がミーハーなタイプじゃないってことはわかるわね」

「川魚みたいだ」

「そうね。川魚みたいに、流れに逆らって泳いでいる。でもそうしていないと同じ川底や川岸の景色は見られないのね。同じ場所に留まるためには少しくらい世の中に逆らうくらいでないといけないのよ」

「留まるためには逆行しなければならない」

「そう」

僕は壁の照明スイッチを眺めた。このマンションは僕の実家よりも築年が古い。川の向こうでは新しいマンションがタケノコのようににょきにょきと建ちつつある。僕は留まろうとしているのだろうか。逆行しようとしているのだろうか。

「少し窓を開けてもいいかしら」絹江さんは訊いた。

僕は肯いた。

絹江さんがガラス戸を開けると、風が吹き込んでカーテンを花の蕾のように膨らませた。

「川の匂い」と絹江さんが呟く。

「だいたい川の匂いしかしないですね」

絹江さんはベランダの手摺に腕を置いて眼下の川を眺めた。

「カワウか、ウミウか」と彼女。

護岸に沿って並んだ杭の上で何羽かウが黒い翼を干していた。

「羽が青っぽいんでウミウじゃないかと思います」

「青っぽく見える？」

「今は光の具合があれですけど、橋を渡る時とか、近くで見ると」

「なるほど」絹江さんは手摺の上の手をちょっとだけ持ち上げた。

川の護岸にはカモメやアオサギの姿も見えた。

「カワウとウミウも交雑するんでしょうか」僕は訊いた。

「うーん……。野生ではわからないわね。人工だと、能登の鵜飼がかけ合わせた品種を漁に使っていたというのは聞いたことがあるけれど」

「グラデーションじゃない」

「そうね。自然のグラデーションではない」

南千住に渡る橋に目を移すと、道は上りも下りも車が詰まっていた。そういう時間帯だった。東の空は群青色に落ち込み、天頂に向かって紫から赤が差してくる。そのグラデーションの上に雲の影の尾がかかっていた。

「混んできたな……」と絹江さん。

「すみません、なんだか」

「いいのよ。あのまま走っていたってどうせ渋滞に捕まってたわ」

絹江さんは部屋の中に戻り、ソファに座ってちょっと目頭をつまんだ。

「ねえ、ミシロくん」

「はい」

「少し図々しいお願いをしてもいいかしら」

僕は半分首を傾げながら肯いた。

「十一時くらいまでここにいさせてもらうことはできない？　そうしたらずっと走りやす

くなると思うの。もちろんあなたの予定の邪魔はしない。夕食は私が作る。簡単なものでよければ」

「僕は構いません。ゆっくりしていってもらえるのはむしろ嬉しいというか。でも、大丈夫なんでしょうか。十一時だと向こうに着くのはもっと遅くなるわけで」

「ああ、いえ、それは大丈夫。明日まで休みを取ってあるの。旅行から帰ってすぐ次の日からばたばた仕事を始めるのって好きじゃなくて」

「なるほど。そういうことなら、僕は別に、明日も本を読むだけですから」

「本?」

「高校の課題で、感想文を書かないと」

「ああ、なるほど」

絹江さんはそこで初めて上着を脱いだ。中はからし色のゆったりしたブラウスだった。僕は洗濯のためにカーテンレールに掛けていたハンガーを取って彼女に渡した。僕はコートを受け取るつもりだったのだけど、彼女が先に手を差し出していた。

「自分で作るのは洋食?　和食?」彼女は訊いた。

「和食の方が多いです」

「あら、洋食も嫌いではない?」

「はい」

「じゃあ洋食にしましょう」

彼女はひと通り調味料の充実度を確かめたあと、じゃがいもを二つとって手早く皮を剝き、薄切りにしてフライパンでソテーした。ものの二十分くらいの早業だった。しっかり換気扇を回していたけどコンソメの焦げるいい匂いがした。

僕は絹江さんの料理の間に寝室へ行って着替えてきた。Tシャツと薄いジーンズ。部屋着に見えて多少格好のつくものを選ぶのは少し難儀だった。

僕と絹江さんはテーブルを挟んで向かい合わせに座った。お土産のお弁当は鮭と鯖のお重で、じゃがいものソテーは案外いい食べ合わせだった。彼女の宣言通り全く凝った料理ではないのだけど、でもそれはとてもおいしかった。

耳を澄ませ、深海に寄り添う

皿洗いは僕が請け負って、絹江さんはその間ソファに座っていた。十九時くらいだ。僕が流しの水を止めてキッチンから出ていくと絹江さんは目を瞑っていた。その姿は不気味なほど無防備だった。おそらく眠っていたのだろう。やはりそれなりに疲れているのだ。でもそれもほんの一瞬の間だった。絹江さんはすぐ僕の気配に気づいて目を開けた。立ち上がって「お手洗いってどこかしら」と訊いた。

「廊下に出てすぐ右の扉です」僕は答えた。

「借りるわね」絹江さんは廊下に出て向こう側からリビングの扉を閉めた。

残った僕はテレビをつけた。なんとなく気を紛らわせたかった。リモコンでチャンネルを回してできるだけ知的な番組を探した。

その番組で指を止めたのは画面の雰囲気が特異だったからだ。色彩のせいだ。かなりモノクロに近い映像だった。

一人の女優がカメラを先導してワルシャワの路地を歩いていた。建物の壁や路面の石畳は霧に濡れて石炭のような光沢を纏い、雲は教会の尖塔に触れそうなほど低く、そのせいで空は一面の灰色をしていた。色彩のない世界。その中で彼女は透き通るような青のコートを着ていて、まるでそこだけに強い光が投げかけられているみたいだった。

彼女は目が合った人々に「こんにちは（ディン・ドーブルィ）」と小さく声をかけて会釈していた。それは愛想や人々への親しみよりも彼女の心にある怯えを表しているように思えた。ポーランドに来るのが初めてなのかもしれない。あるいはまだ街中で撮影を始めて間もないのかもしれない。

一行はやがて往来の盛んな通りに出て市電に乗り込んだ。向かいを走るトラックは犬のような容貌のボンネットタイプで、鼻先に丸い目があり、車体はどこも分厚く頑丈にできていた。乗用車は日本製もちらほら見えた。文明と煤の匂いが低く垂れ込めた街。女優は市電の窓の桟に手をかけて（それはとても微妙な力加減だった）、カメラに少し上向きの横顔を向けたまま街の所感を語った。

「ずっと触れられなかった人の過去を開いたような……。きっと本やテレビ越しに見るばかりだったからそう感じるのでしょうね。その場に来て初めて感じる空気、匂い。それは私には異質ですけど、でも決して受け入れがたいものではなくて、温かみがあり……」

番組は日本とポーランドの交流を記念した連作特番の二作目だった。先ほどの女優が現地を巡りながら司会を務めていた。ＢＧＭはどうも全部ショパンらしく、エチュードの作品十の第一番と第十二番「革命」、ロマン・ポランスキの『戦場のピアニスト』で使われたノクターン第二十番は僕にもわかった。

絹江さんはしばらくリビングの戸口に立ったままアオサギみたいにじっと画面を眺め、それから「変わった雰囲気の番組ね」と言ってソファに座った。

「嫌いですか」

「いいえ。全然構わない。彼女、ハマリ役よ」

「彼女？」

「そう、彼女」絹江さんは指を鳴らすみたいな仕草で画面の中の女優を指差した。「物静かで、思慮深い。それに、あまり知られてないけど、歌を出してるのね。その詩を自分で書くの。少し暗いけど、悪くない」

女優は世界文化遺産に登録されている歴史地区に入った。カメラが建物の色合いに注目した。石積みの建物のあちこちに色の異なる石材が嵌めこまれていて、まるでデータが破損してところどころきちんとした色が表示できていないみたいな感じだ。そしてその通りだった。ワルシャワは一九三九年九月からドイツの占領下にあり、一九四四年の蜂起のあと報復として徹底的に破壊された。迫撃砲や爆弾が建造物を尽く崩した。第二次世界大戦の一幕だ。地下壕から埃まみれになって這い出した住民たちは瓦礫の海の中から石材を探り当て、ひとつひとつ元の建物の元の位置に直した。それが可能だったのは破壊の前にあらゆる建物の詳細な情報を書き留めておいたからだった。建物の三面図を引き、柱のレリーフをスケッチした。有志の人々がそれを懐に隠して地下に潜った。どうしても見つからない部品は仕方なく新調した。それが色の異なる部分だ。焼けていないから白い。再建された地区に設計の新しい建物はない。だから復興ではなく復元だといわれている。

女優は王宮前の広場に立ってカメラの手前にある太陽に目を細め、ここが最後に再建された場所だと紹介した。そこでゲストを迎えた。資料保存を担当する年配の男性で、恰幅がよく、白髪の生え際が頭頂部に迫っていて、三角定規みたいに突き出た鼻をしていた。

《王宮は本当ならば不屈のポーランドの象徴として真っ先に再建されるべきでした。それがなぜ後回しにされたかわかりますか》

画面下に白い字幕が出ていた。彼が訊くと女優はカメラの手前にいる通訳に顔を向けた。通訳の発話はカットされていたが、女優は相槌を打って答えた。

「ツェムー（なぜですか）？」

《ソ連が禁じたからです。社会主義にとって王宮は忌避すべき君主制の象徴でした。ソ連が王宮の再建を許したのは一九七一年、社会主義はあまりに多くのものに怯えていることが自分のためにならないとようやく気づいたのです。それまで王宮は破壊されたままの姿で放置されていました》

彼が女優を地区の倉庫へ連れていった。戦争当時は実際に地下壕として使われていた部屋だという。数々の資料がキャビネットの中の無数のフォルダに仕分けられ、大きいものは巻いて筒に収められていた。資料番の彼は大きな作業台の上にその中の一枚を広げて見せた。

《日本もアメリカとの戦争で多くの都市にたいへんな爆撃を受けましたね。破壊された貴重な建物や街並みを元通りにしようという試みはありましたか？》

「ええと、どうでしょう。以前のものをその通りにつくるより、新しいものに置き換えることを進めたと思います。日本の街はほとんどの建物が木造だし、アメリカ軍は焼夷弾を使ったから、崩されるというより、焼かれたのです。燃え尽きて元の通りに建材として役に立たなくなってしまった瓦礫がほとんどだった」

女優が考えながらゆっくり言うと、資料番は通訳の方へ顔を向けて細かく頷いた。同情たっぷりな表情だった。

《我々のところでも見つからない部分は新しく作って嵌め込み、それを復元と言っていま

すが、日本で同じことをすると新規部分の方が多くなるので復元というよりは再現になってしまうのですね》

「そうかもしれません。確かに、当時から文化財と考えられていたものの中には再建されたものもありますね。例えば名古屋城の天守閣がそうです。これはもともとがやはり木造で、戦争中に空襲で焼失したのを五〇年代の最後に再建したんです。でもその時、構造は鉄筋コンクリートに改められた。そしてこれが興味深いことなんですが、再建された建物にある屛風や襖などもレプリカなんです。一部のオリジナルは現存しています。空襲を覚悟した関係者たちが疎開させて焼失を免れたからです。でもあえて戻さなかった」

《なぜですか？》

「やはりレプリカはレプリカだからです。オリジナルの戻るべき場所ではない。順当に時を経た姿と、最も華美だった時の姿と、それが別々に共存していて構わないということになったんでしょうね。過去の再現と現在、二つの在り方が共存はできるが一体にはなれないということだと思います」

資料番は女優の言ったことを確認して、それから顎に手を当てて何度か頷いた。その言葉は字幕にはなっていなかった。

《原爆ドームはどうですか。広島にあるものでしたね。聞いたことがあります》

「ご存知なんですね」

《もちろんです》資料番は通訳を待たずに答えた。

「原爆ドームは確かに貴重な建物ですね。でも原爆の威力を受けたままの姿で保存されています。オリジナル。地震で倒れないように補強しているから全く本来の姿ではないのだけど、それはあくまで今の姿を保つための対処なんです」

《なるほど、戦争の記憶を伝えることがその役割なのですね》

「そうです。さっき私は以前の通りにするより新しくと言いましたけど、日本は敗戦国だから、戦争の罪を濯いで新しく生まれる必要があって、戦前の帝国時代の建物の復元はその流れに逆らうことだ、という考えだったのだと思います。それでも歴史を消し去るということはできないし、その試みはナチスがホロコーストを隠蔽したようにまた別の罪なのだと。残すべきものはやはり残すべきで」

《ええ、そうですね。それには時代や信念に囚われない公平な視点が必要でしょう》

　画面の左上に番組のアイキャッチが表示され記録映像に切り替わった。よくある白黒のフィルムだ。

「ポーランドに行ったことある？」絹江さんが訊いた。僕と彼女はL字に置かれた二脚のソファのそれぞれに分かれて座ってテレビを見ていた。

「いいえ。ないですね。海外に行ったことがないんです。そもそもあまり旅行に行く習慣のない家でしたから、長い休みに入っても近場に出かけるのがほとんどで。絹江さんはどうですか？」

「私もない。海外も一度だけね」

「旅行好きなのかと思いました」

「旅行は好きだけど、でも旅行そのものというよりも、ドライブが好きなのね。だからほとんど国内になってしまう」

「ええ、わかります」

「時々遠出をしたくなるの」

「気晴らしに？」

絹江さんは天井を見上げる。

「きっと確認したくなるのよ。そこに住み続けるのと、そこに居続けるのとは別のことだと」

「『住む』と『居る』」

「そう」

「住んでいるだけなら時々留守にしてもいいけど、居続けるというのは、そうではなくて」

「そうね。例えば、牧場をやっている人はそこに居続けなければならないわね。ちょっと旅行へ行くからって、数日分餌を作り置きしておいても、動物たちは一回で全部食べてしまうわね。もちろん餌やりだけが世話でもないけれど。私の場合、あの家には住人が必要だという話だから、時々そんな、牧場主のような気持ちになってしまうのよ。私は定められてここにいるんだって。でも違うの。決して囚われているわけではない」

「絹江さんは小さい時はあの家に住んでいたんですか」

「そう。でも勤め始めるのと同時に家を出て、それから恋しいと感じたことはあまりなかったように思うわね」

狭霧とは違うんだ、と僕は思った。狭霧もあの家で育った。でも囚われていたとか、出ていきたいとは思っていなかった。残れるなら一人でもあの家に住み続けたいと思っていた。

ポーランド特番の舞台はオシフィエンチムに移っていた。その街はアウシュヴィッツというナチスの強制収容所が冠した呼び方の方が有名かもしれない。女優は第二収容所の降車場にまっすぐ伸びる鉄道に沿って歩きながら、オファーの時に霊感スポットが苦手ではないか念入りに確認されたというエピソードを話していた。読谷《よみたん》のガマ（自然壕）に入った経験を引き合いに出して、こういった土地を霊感スポットと表現することには違和感がある、と苦言を呈した。

アウシュヴィッツの土にはまだたくさんの人骨が埋まっている。けれどそれは収容所の終わりの数日間に極めて非効率な方法、つまり銃撃によって殺された人々のもので、犠牲者の総数からすればほんの一部でしかない。この収容所に運び込まれた人々のほとんどはガス室に詰め込まれて殺され、焼却炉で遺体を焼かれ、残った骨は砕いて粉末状にしたあとソワ川に流された。そこに個人などというものは存在しなかった。列車を降りたほぼ全ての人間がその直後に所持品を奪われ、次いで服を脱がされ、そして髪を剃られた。彼らが何者であるかを特徴づけるものは何も残らなかった。家族や友人や彼ら自身が認識する人間関係が束の間保たれるに過ぎない。それも彼らの死によって失われる。効率的に、流れるように。人は数に過ぎず、虐殺装置の前に全ての人間が均質だった。

アウシュヴィッツの施設で完璧な姿を留めているものはほとんどない。ソ連軍の反攻に直面してナチ親衛隊が逃げ出す前にできる限りめちゃくちゃにしていったからだ。死体を焼いたクレマトリウムも煉瓦の山になっている。ワルシャワの王宮は元通りになり、アウシュヴィッツは廃墟のままになっている。一方は栄光を他方は惨禍を、正と負を。そうありたいと望むべきものと、忌避すべきもの。記憶し、思い出させる。正しいものが美しく保たれ、悪しきものが遺棄されたままでいることに満足する。

　女優はガイドに付き添って降車場を回った。その場での語りはなかった。カメラは比較的短いカットで収容所の跡地と女優をそつのない構図に捉えていた。そこに女優のアフレコが乗った。その日の日記の朗読だった。

「その時私は一種の怖れを感じていた。無数の人々の理不尽な死を想像したから？　違う。何もかもが壊された収容所の草原の上に立ってみて、『案外何にもないんだ』というのが最初の感想だった。口に出すことなんかできなかった。私はむしろ自分自身が何も感じないということに背徳や怖れを感じたのだ。死の実感や虐殺の想起はなかなか私の中に浸透してこなかった」

　女優は朗読をやめてナレーションに入った。

「一度はここに収容されたものの生き残った人々、いわばアウシュヴィッツの生存者は数千人と言われています。百万人を超す犠牲者を前にこの数字はわずかなものかもしれません。ですがまた絶対的に少なくもない。ここがどれほど恐ろしい場所だったのか、その程度に疑問を抱く人もいるのではないですか？　実際、まだ憶測が飛び交っていた当時、帰還した人々を迎えた家族が彼らの話を信じなかったのです。なぜならドイツの虐殺を決定的に印象づける要素がまだどこにもなかったから。極度の残虐行為に駆り立てる狂気は往々にして我々の想像力を超越していて、経験した人でなければその実態を信じることはできない。彼らの話を深く理解してくれる人はいませんでした。彼らは特異な体験によって家の中ですら特異な存在になってしまった。彼らは人々の内なる冷淡さに気づき、自らの経験をただ周囲の人間を遠ざけるだけのものだと思った。そうして彼らは語ることをやめ、自らの体験を封印することにしたのです。

今日私たちが手にすることのできる一部の証言は生存者本人が自発的に発信したものではなく、聴き手が長年に渡って彼らに対し耳を傾けることによって実現したものです。もし私たちが積極的に理解を試みるなら、必要なのは時間をかけて彼らの言葉を引き出すことです。時に映像よりも言葉が鮮やかなように、彼らの体験を私たちの想像の中に再構成するのです」

クロード・ランズマンの記録映画『ショア』から蒸気機関車の映像のカットイン。列車がカメラの前を通過する。その機関車は撮影時からさらに二十年か三十年前には人間をぎっしり詰め込んだ貨車を何十両も牽いて実際にホロコーストに参加していたうちの一両だという。少なくとも撮影時はまだ現役だった。

「この映画、見たことあるわよ」絹江さんは言った。「とにかく長い映画だった」

その映画は全て聞き取りで構成されていて、再現映像も戦争中の記録映像も一切使われない。きっと監督は語り手の言葉にあえて自分の解釈を加えて過去を再構成することに意味を見い出せなかったのだ。なぜ虚構する必要があるのか。どちらにしろ事実はもはや戻らない。真実は彼らの言葉の中にある。彼らの言葉に耳を傾けることが虚構を経ない事実の再現なのではないか。『ショア』では通訳の言葉も語り手の沈黙もカットされない。意味のある言葉だけが意味のある時間を構成するのではない。だから映画は九時間に及ぶ。それが監督の表す語り手への真摯さなのだ、と絹江さんは言った。

「運ばれている間、家畜用の貨車だから板張りの隙間でもなければ外は見えないでしょう。扉が開いて、そこに何が待っているか、運ばれた側にはそれが全てだった。そういった全く異なる世界への飛躍の象徴が鉄道なの。汽車が向こう側へ連れて行く」

僕はなんとなく頷いた。「向こうには人間の失われる世界がある」

「知りたい?」

僕は正面に絹江さんを見た。

「このテーマは深く、そして暗い。マリンスノーの降る深海の縁のような世界。私は、昔、学生の時分、少しだけ取り組んで調べたのよ。論文のためにね。その時はよく調べたと思ったわ。でも私はまだ浅いところから深みに向けて光を当てているに過ぎなかった。海底にはあらゆる物の遺骸が沈んで横たわっていて、沈殿した泥と暗さのためにその形を見ることはできない。知りたいなら触れるしかない。でもそこに何があるのか語ることのできる人間はほとんどいない。限りなくゼロに近い。深海は宇宙と同じくらい闇に閉ざされている」

僕は想像してみた。太陽の反射がきらきらと明るい海面の近くから鈍い紺色をした海淵の向こうへ潜っていく。一面の紺碧、細かな塵。もっと深く、深く。これ以上は生命の届かない深さ。唐突に構造物が現れる。船のマスト。赤錆びて牡蠣の殻のように層状になった鉄、その上にサンゴや海綿の群生が根差す。斜めに擱座《かくざ》した船体の一端はさらなる深度に届いている。でも、これ以上深くは潜れない。潜ってはいけない。

僕は瞬きしてテレビに目を戻した。女優はまだ収容所の敷地を歩いていた。故郷から遠く離れて喪失の土地を歩いていた。彼女の足の運びや、表情のつくり方や、声の抑揚を僕は詳しく見守ってみた。彼女は俳優だから、きっと自分ではない誰かの役をいくつもいくつも、数えきれないくらい演じてきただろう。でも人間を失うような「自分が誰なのかを奪われた」存在を演じることはできるのだろうか。収容所のユダヤ人を演じることはできるだろう。でもそれは収容所のユダヤ人全般に基づくイメージであって、その一般像を一人の役者が演じることは過去の再現から逸脱してしまう。虚構だ。しかしまた特定の誰かと言えるような役では「自分を失う役」を演じていることにはならない。どんな人間か説

の。人が何かを真剣に聞こうとする時、それは相手の持っているイメージを自分の中に再現する試みになるのよ。でも自分と相手は全然別の人間で、感性も違うし、別々の人生を、あるいは別々の時代に生きてきたわけでしょう。その経験の差を超えて同じイメージを抱くのは簡単なことではないわね。だから、そのイメージを完全なものに近づけるためには能動的にならなくてはいけない。同じ場所へ行く、同じ人に会う。例えば、取材をする人が目当ての人の周りにいた人たちに話を聞く、それもまた目当ての人に対する『聞く』でもあるのね。自分自身を当時の彼らに近づけようとすること。本質的には追体験なのよ。重なることなのよ。オーバーレイすることなのよ。そういうのって、わかるかしら」

「彼女は死者の声を直接聞いたわけじゃないけど、彼らの体験に寄り添って、疑似的に聞こうとしている」

「そう。『聞く』って、奥が深いのよ」絹江さんはもう一度言った。

　僕は僕が今居る空間を意識した。それはマンションの八階であり、日本の首都のやや東側だった。僕がここに居るのは、たぶん、狭霧のためだ。僕は彼女のために僕の空間を用意しておこうとしていた。でもそれだけではないのかもしれない。狭霧があの家で一人で生きていたから、一つの空間に一人で生きるというその経験を僕は追おうとしているのかもしれない。彼女が生きていた環境を再現し追体験することは「聞く」なのかもしれない。

僕はもうあの家で一人で生きている狭霧には会うことができない。話を聞くことはできない。今彼女はとても遠くに居る。大陸の向こう側に居る。そこにいる彼女はあの家に居た狭霧とは別の経験を経ている。少し違った存在になっている。

そんなふうに考えたあと、僕は重責を感じた。狭霧が僕だけに晒した姿を僕は記憶しておかなければならない。

「僕がここに居るのも『聞く』なのかもしれません」

「それは、狭霧に対する『聞く』なのね？」

「はい」

絹江さんは手を組んでまた親指を回しながらしばらく考えた。

「もしあなたがもう少し大人で、もし私の親戚だったなら、あの家を任せてあげたかったわね」

僕も絹江さんの手を見ながらちょっと考えた。

「でもその役目は僕には務まらないし、務めるべきでもない」

「務まらないし、務めるべきでもない」絹江さんは僕の言葉を繰り返した。「なぜそう思うの？」

「変えてはいけないから、だと思います。追体験したいだけなら僕はあの家に居るべきなのかもしれない。でもそうすれば僕はきっと記憶の中の彼女をその中で生かしてしまう。そうなればあの家も変わる。記憶も変わる。彼女が残しておきたいものの形を崩してしまうことになる」

絹江さんは少し時間をかけて僕の言葉を呑み込んだ。

「分離しておかなければならないのね。まるで混ぜると硬化する二種類の薬剤のように」

「はい」

「ふうん。そう、そういうことなのね」絹江さんはいささか急に清々しい口調になった。「そういうことなら、あの家のことは私に任せなさい。もちろん私も狭霧の記憶を持っているわ。でもそれは彼女があえて残したものではないだろうし、あの家に居ると私は狭霧よりもっと昔の記憶と付き合っていかなければならない。私が居る分には狭霧の家には影響を与えないのよ。だからあの家は私に任せておいていいわ。そしてあなたは彼女の心を守りなさい。その役目はあなたにしか務まらない。私にはできない」絹江さんは僕の目をまっすぐ見て言った。

僕は息を呑んだ。きちんと身構えなければ受け止められない言葉だった。

「あなたにしかできない。だから、頑張りなさい。多くの人々と浅く広く付き合い、かつ自分の場所を強く守りなさい」

絹江さんは僕の頭に手を置いて少し指を動かした。誰かに頭を撫でられたのはとても久しぶりだった。

でもそこにはためらいのような、不安のような、微妙な感情も含まれているように感じた。それは、震えだろうか。

「狭霧にもこんなふうにしてあげられればよかったんだけど、だめね、血縁ばっかり変に近くて」

二十三時になる五分前に絹江さんはコートを着た。僕は見送りに出た。エレベーターで一階に降り、エントランスを出たところで絹江さんは振り返って「ここまででいいわ」と言った。

「じゃあ、お元気で」

僕はその場に立って、絹江さんが横断歩道の向こうへ渡るまで見送っていた。彼女がそこで振り返って手を振ったのが合図のように思えたので僕は中へ戻った。

思えば絹江さんは僕の部屋にとって最初のお客さんだった。引っ越しの直後で荷物は片づいていないし、ろくなもてなしもできなかった。けれど彼女が僕の客人であることに変わりはなかった。僕が彼女を招き、彼女はそれに応じた。

そしてそれは絹江さんが僕の部屋に上がった最初で最後の機会でもあった。僕はこのあとも何度か彼女と顔を合わせることになるのだけど、その場所は僕の部屋ではなかった。何人かの知り合いは幾度となく僕の部屋に入り、そして何人かの知り合いは——それはとても親密な仲になった人も含めて、という意味だけど——一度も僕の部屋に入らなかった。一度きり僕の部屋に入った人々だってきっとたくさんいるはずだった。でも絹江さんを除いて僕はその中の誰のことも思い出すことができなかった。それらは名前も容姿も持たない漠然とした記憶に過ぎなかった。そんな特異性によって絹江さんの「一度きり」は僕の中で非常に強い印象を持ち続けた。僕はその日のことを思い出す時、僕の髪を撫でた絹江さんの手の感触や、玄関でブーツを履く時の彼女の所作をとても鮮明に記憶の中から取り出すことができた。そしてその記憶は最後にエントランスで僕を振り返った彼女の深いまなざしで終わっていた。

部屋に帰ってきてもポーランドの番組はまだ続いていた。でも番組の雰囲気は少し変わっていた。音楽が明るくなって、女優はクラクフの街を歩きながらレストランやケーキショップを渡り歩いていた。カメラはありがちな旅番組のように料理をアップで映し、女優もありがちなニコニコした顔でそれを食べていた。番組としての軸のブレを感じないでもないけれど、でも僕は女優のそういった普通の側面を見られて少し安心していた。あんなに鋭い感性を持った人がその鋭さをずっと剝き身のままで持ち歩いているのかと思うといささか心配だったからだ。普通の人間でも時には鋭い感性を発揮するし、鋭い感性を持った人も普段は人並みの喜怒哀楽の中で生きているのだ。

僕はその番組を終わりまで見てから風呂に入った。湯船の中で目を閉じて、ビリー・ジョエルの「ザ・ロンゲスト・タイム」を小さく鼻歌に歌いながら、頭の上にあった絹江さんの手の感触を思い出していた。

狭霧にもこんなふうにしてあげられればよかったんだけど……。

絹江さんは僕だけのために僕の頭を撫でたわけじゃなかった。彼女自身のためにもそうしなければならなかったのだ。当然、僕は僕で、狭霧ではなくて、狭霧の代わりにもなれなかった。それは仕方のないことだった。けれど、僕は僕そのものとしてのみ撫でられていたわけでもなかった、ということになるのだろう。

僕は金工室でイメージした完全な包容力を持った天使のことを思い出した。それはきっと現実には存在しえないからこそ天使なのだ。

僕は広い部屋の中で一人きりだった。その事実が急に心に浸みてきて、引っ越してきて以来感じたことのない感覚に襲われた。それはたぶん孤独感だった。僕は色々と試したあと、結局自分の膝を抱いてそれに耐えるしかなかった。

ねえ、狭霧。孤独や不安は君だけのものじゃなかったんだ。完璧な包容力などというものは、でも、天使のように現実には存在しないもの、想像上の美しさに過ぎない。手の上に乗せたり、両腕で強く抱きしめたりできるものじゃないんだ。その質感を知っている人間なんてどこにもいない。そんなものはあり得ない。

なぜ完璧な包容力が存在しないのだろうか。その答えは、たぶんこういうことだろう。人間は自分を大切にしなきゃいけない。他人にかかりきりになるのは容易なことじゃない。だから、どれだけ切りつめても、「ごめん、もうこれ以上は私には無理なの、これ以上は優しくなれないの」という地点がある。人はその一線を超えて自分を犠牲にしてやることはできない。あるとすれば、それは本当に命を賭けることになる。自分の臓器を提供するためにこめかみを撃って自殺をするようなものだ。そんなことをできる人間がいるのだろうか。まあ、いるのかもしれない。でもその包容を受けた人が実感を得た時、それをくれた人はもう存在していないかもしれない。

僕だって君がそんなふうな命の犠牲を求めているとは思えない。だけど、次に会った時もしまだ君が天使を必要としているなら、僕は僕の命の限りそんな存在に近づいてみたいんだ。

僕は心の中で強くそう思った。

それが自分の場所に一人で居続ける意味を見定めた夜の出来事だった。

中州《メソポタミア》

翌日、僕は自転車を使って少し遠出をした。天気のいい日だった。冷たい空気が日差しをよく冷やしていた。隅田川沿いに南から東に行って、まず墨田水門の辺りの景色を眺めた。土手に上がると案外遠くまで見通せて、なるほどこれは川と高架の街だと思った。対岸は視界の端から端まで荒川の広い河川敷だし、左手に314号の道路橋と京成線の線路橋があって、頭上の向島線の赤い高架がそのまま川を渡って堀切ジャンクションで中央環状と交わっていた。首都高の高架は生物的にくねり、合流と分岐を繰り返しながら堤防に沿って延々と続いていた。線路の下に来ると電車が来る度に地面が震えた。

それから荒川の河原を右に見ながら北に走っていくつも橋の下をくぐり、少しだけ埼玉県を通って岩淵水門の手前まで到達した。僕はそこで自転車を立てて草の斜面に座り、パックの調整豆乳を飲みながら取水塔や水門のある景色を眺めた。そしてきちんと家に帰れるのか少しだけ不安になった。なにせ結構な距離を走ってきた。毎朝自転車で通勤しているという人にしてみれば鼻で笑われるような距離かもしれない。でも僕は運動は得意じゃないし、少なくとも好んで自転車で遠出をする人間ではなかった。陸伝いに上流の果てまで来て、先にはまだ隅田川を渡る方へ架けられた橋があったけれど、これ以上先には行けないという気がした。僕という最もしみったれたアレキサンダー大王にとってはそこが世界の果てだった。

その夜はなぜかポリネシアの小さな島で床上浸水に居合わせる夢を見た。僕は事態解決のために送り込まれた技術者という役で、僕の知らない言語で何かと不満をぶつけてくる現地の住民たちに「はあ」とか「へえ」とか生返事をしながら、レンチを摑んでせっせと水道管のバルブを締め続けていた。一つのバルブを締め終えると、重たい工具箱を肩に担いで、膝まである水を蹴りながら次のバルブに向かう。するとそこでもやっぱり住民たちがなんやかんやと僕を取り巻いて騒ぎ立てる。その繰り返しだった。どこでその夢が終わったのかよく憶えていない。そのあと全然違う世界観を持った別の夢に移ったような気もするのだけど、その内容も全く思い出せなかった。

僕はそのあとも時折色々と怖い夢を見た。そこには色彩も景色もなく、漠然とした雰囲気だけが漂っていた。僕はただ時間の流れる速さについていけないような焦燥感に襲われていた。僕は一人ではなかった。代わるがわる数人の知り合いが顔を見せた。彼らは時間の流れに適応していた。僕だけが焦っていて、そしていつも何者かに追いつかれて捕まってしまうのだ。

高いところから落ちたような衝撃の感覚とともに汗みずくで目を覚まし、ベッドを出てシャワーを浴びた。脱衣室に上がって鏡を見ると、首筋に三日月形の赤い痕が残っていた。狭霧の爪の痕は時間が経っても不思議と消えなかった。まるでその部分だけが新陳代謝のサイクルから逸脱してしまったかのようだった。僕は思い切り顎を引いて肩を上げ、どこまで首に近いところを自分で咬めるか試してみた。だいたい鎖骨の先端あたりが限界だ。傷痕はそれよりずっと内側にあった。ほとんど鎖骨の付け根だ。毒が、蛇の毒が全身に回っているのを感じた。それは、もう、再び蛇の唾液に触れるまでは癒えないのだろう。彼女は自分の中に流れている毒に興味を持ちすぎたのだ。それを誰か獲物で試さずにはいられなかったのだ。

僕は古いお小遣いを総動員して秋葉原で七万円くらいのＮＥＣの型落ちのノートパソコンを買った。つやつやと赤い背中をしたビスタ搭載のデュアルコア。夜中までかけてセットアップを終え、次の朝フェイスブックでアカウントを取って狭霧を捜した。彼女のタイムラインにはイギリスの牧草地や林や瑞々しい——悪く言えば湿っぽい——風景の写真、いくつか英語で書いた投稿があって、そこに英語の名前たちが「いいね」をつけていた。僕は上級生の教室に入っていく時みたいに少々緊張しながらダイレクトメールを打って新しい住所を教えた。

返事はなかなか来なかった。三日待ち、一週間待ち、その間に雨の日も嵐の日も、また晴れの日もあったけれど、そして二週間経って毎朝のチェックをやめようとした時、やっと届いた。

そのメールは英語で書かれていた。

メールの内容を日本語に訳すのは僕にとって決して簡単なことではなかった。英語の宿題みたいに内容をルーズリーフに書き写して、電子辞書をつけっぱなしにしたまま何時間も粘った。訳文自体は時間相応にできあがっていった。でも僕にはその文章が狭霧の言葉だとは到底思えなかった。いくら読み返してもその文章が狭霧の声で聞こえてくることはなかった。例の「自分らしさ」は匿名にもかかわらず狭霧の声で聞こえたのだ。それは大きな違いだった。

もちろんネット翻訳も試してみた。メールの文を丸ごとコピーして原文の枠にペースト、矢印のボタンを押すと隣の枠に一瞬で訳文が現れた。論外だった。狭霧の言葉云々以前に、そもそも日本語として成立しているかどうかも怪しい代物だった。

だから僕はもっと時間をかけて、それこそ英語の教科書の精読のように一文ごとに品詞分解して論理的な日本語を出し、そこから自然な書き言葉に直すことにした。

それはとても概念的な内容だった。概念的だから単語の訳が合っているのかどうか確信が持てなかったし、辻褄の合わせようもなかった。難しさの原因はどうもその概念性と狭霧の言葉選びにあった。

こんにちは。

とても唐突に話を始めるけど、言葉を考えているうちに私はなぜだかあなたととても長い時間話しているような感覚に陥っています。

こちらの生活や世界がどんなふうだとか、そちらとどれほど違うとか、そんなことをあなたに話そうとすると、私はある種の「乖離」をひどく強く感じてしまいます。

そしてその「乖離」はとても不快なものなのです。

私は依然として柴谷狭霧のようです。母は私のことを狭霧と呼びます。記憶も連続しています。あなたと歩いた用水の道のことを私はよく憶えています。あなたも憶えているでしょ？　それは私の思い違いや捏造ではないでしょ？

でもだからといってそれが今の私とかつての私の連続性を示す確証になるのでしょうか？　いいえ、私にはそうは思えない。かつての私の全てが今の私に引き継がれているという確信がないのです。

今の私はあくまでも今のこの家の中で新しく形成された存在のような気がしています。外形はかつてと同じ。記憶も引き継がれている。でもその中に入っている存在の核のようなものが入れ替わってしまっている。決定的に違ってしまっている。そんな気がしてなりません。

かつての私がいつどこで今の私とはぐれてしまったのか、思い出すこともできないし、全く見当もつきません。

どこか暗い穴の中に閉じ込められてしまったのではないでしょうか。

そしてきっとその穴はもうこの世界と同じ次元には存在していないのです。

私という自分の核。

それが何なのか、どんな条件によって私の中に留まるのか、よくわかりません。それは霧のように漠然としていて、近づこうとするとどんどんと奥へ引いてしまって、きちんと観察したり手に触れたりすることはできないのです。

でもそんなよくわからないものを私はきっと紛失してしまった。それだけはなぜかはっきりとわかるのです。失くしたものと、その埋め合わせに作られている新しい私と、その間に横たわる時間的かつ空間的差異こそがきっと「乖離」の正体なのです。

だから避けなければいけない。でも避けがたい。絶望的に避けがたい。

ねえ、あなたなら私という存在を説明できませんか。

その核が何なのか、言い表すことはできませんか。

僕は狭霧の家で聞いた彼女の言葉を思い出した。

「私はイギリスに行ってきっと変わるよ。別の人間になる。夏休みの始まりまでここで生きていた私は永遠に失われてしまう。記憶が残っても、私そのものはきっとそうじゃない」

それは不安なんかじゃなく予感であり確信だったのかもしれない。

それから僕は狭霧の家の飾り棚にあった英語教材のＣＤを一枚残らず粉々に割ってやりたいような気持ちになった。「英語で考える」なんて発想の押しつけが彼女の本質を損なってしまったんじゃないかと思った。思いたかった。でもそれはあまりにいまさらだった。そんなものはもはや虚しい八つ当たりに過ぎなかった。

僕は悩みながらもすぐに返事を書いた。瀕死の人間の耳元で早口に祈りを捧げるのと同じような気分だった。しかも狭霧が直面しているのは死ではなくもっと深い消失だった。

とても歯痒いけど、僕にもまだその問題の答えを言い表すことはできない。きっと僕はまだ君の拓いた道を辿っているだけで、別の道を拓いたり、君の先へ行ったりするのはまだこれからなのだろうと思う。

だから今は可能な限り外の世界を遮断できる空間を探すんだ。そこでは君は一人になれる。誰もそこには入ってこない。声も聞こえない。他の人やあらゆる世界の気配を感じずに済む。そういう空間を探してほしい。

それはもしかしたら奴隷のバークが探していた空間かもしれない。いつか『人間の土地』の話をしてくれた。憶えているよね。その空間の中でバークはモハメッドとしての自分の本質を取り戻すことができたはずなんだ。

きっと今の君は彼と似たような境遇にある。
だから頼む。早くそういう場所を見つけるんだ。早く、できるだけ早く。

著者プロフィール

前河 涼介（まえかわ りょうすけ）

1993年三重県生まれ。
2019年学習院大学大学院人文科学研究科史学専攻博士前期課程修了。
千葉県在住、会社員。
趣味は絵を描くことと模型作り。
2017年より小説投稿サイト「カクヨム」「小説家になろう」にて作品を公開中。

メソポタミアの蛇ノ目

2020年11月15日　初版第1刷発行

著　者　前河 涼介
発行者　瓜谷 綱延
発行所　株式会社文芸社
〒160-0022　東京都新宿区新宿1－10－1
電話　03-5369-3060（代表）
03-5369-2299（販売）

印刷所　株式会社フクイン

ISBN978-4-286-21904-2　JASRAC 出2006757－001